ハヤカワ文庫 SF
〈SF2164〉

アルテミス

〔上〕

アンディ・ウィアー
小野田和子訳

早川書房
8120

ARTEMIS
A Novel
by
Andy Weir

Translated by
Kazuko Onoda
First published 2018 in Japan by
HAYAKAWA PUBLISHING, INC.
This book is published in Japan by
arrangement with
CROWN
an imprint of THE CROWN PUBLISHING GROUP
a division of PENGUIN RANDOM HOUSE LLC
through JAPAN UNI AGENCY, INC., TOKYO.

マイケル・コリンズ、ディック・ゴードン、ジャック・スワイガート、
スチュ・ルーサ、アル・ウォーデン、ケン・マッティングリー、そして
ロン・エヴァンスに
かれらの功績にたいする評価がとても充分とはいえないので

（注：右記の七人は、それぞれアポロ11号から17号に搭乗した宇宙飛行士。いずれも司令船操縦士で月面には降りていない。ただし13号はアクシデントにより月面着陸中止）

アルテミス

〔上〕

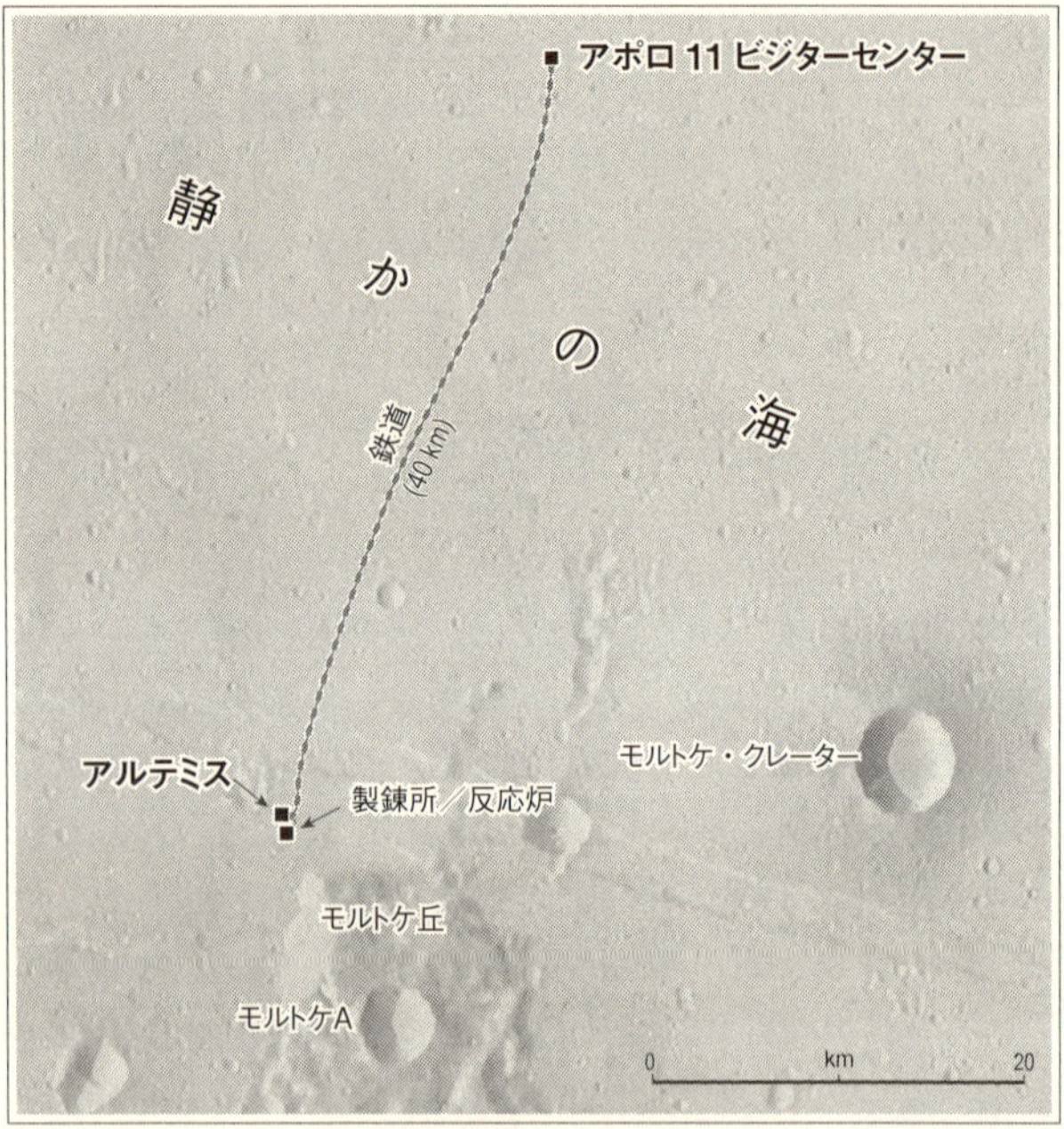

アポロ 11 ビジターセンター
静かの海
鉄道
(40 km)
アルテミス
製錬所／反応炉
モルトケ・クレーター
モルトケ丘
モルトケA
0
km
20

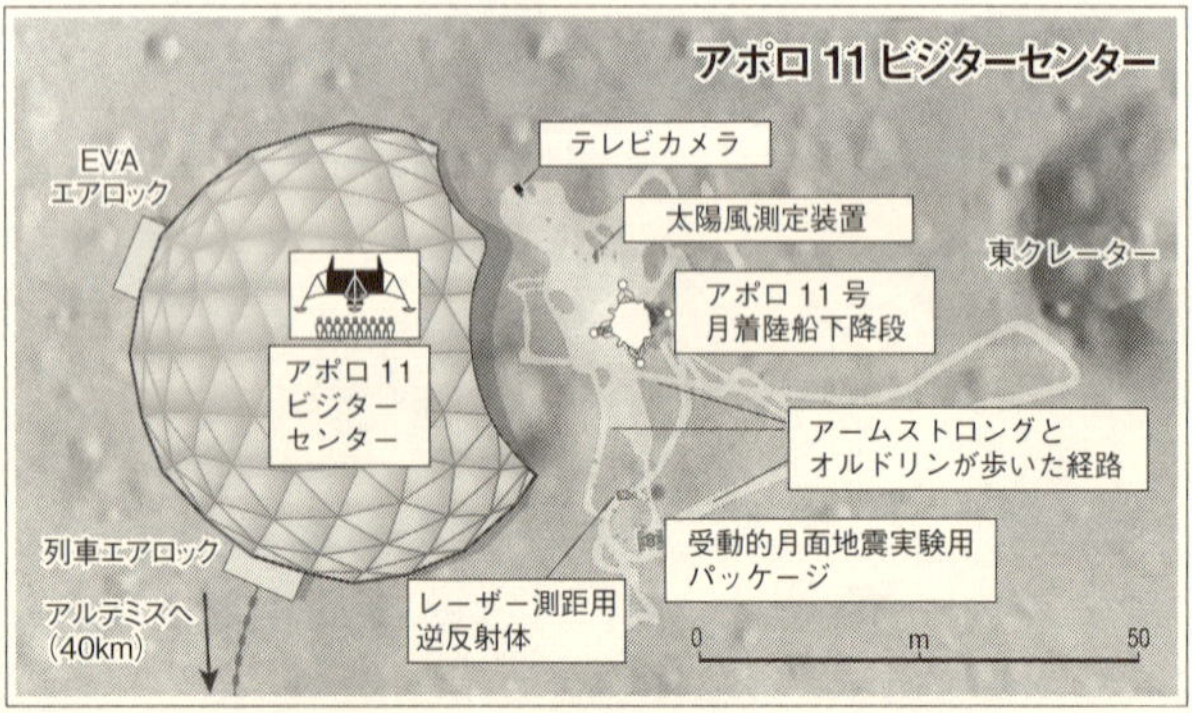

アポロ 11 ビジターセンター
EVA
エアロック
テレビカメラ
太陽風測定装置
東クレーター
アポロ 11 号
月着陸船下降段
アポロ 11
ビジター
センター
アームストロングと
オルドリンが歩いた経路
列車エアロック
受動的月面地震実験用
パッケージ
アルテミスへ
(40km)
レーザー測距用
逆反射体
0
m
50

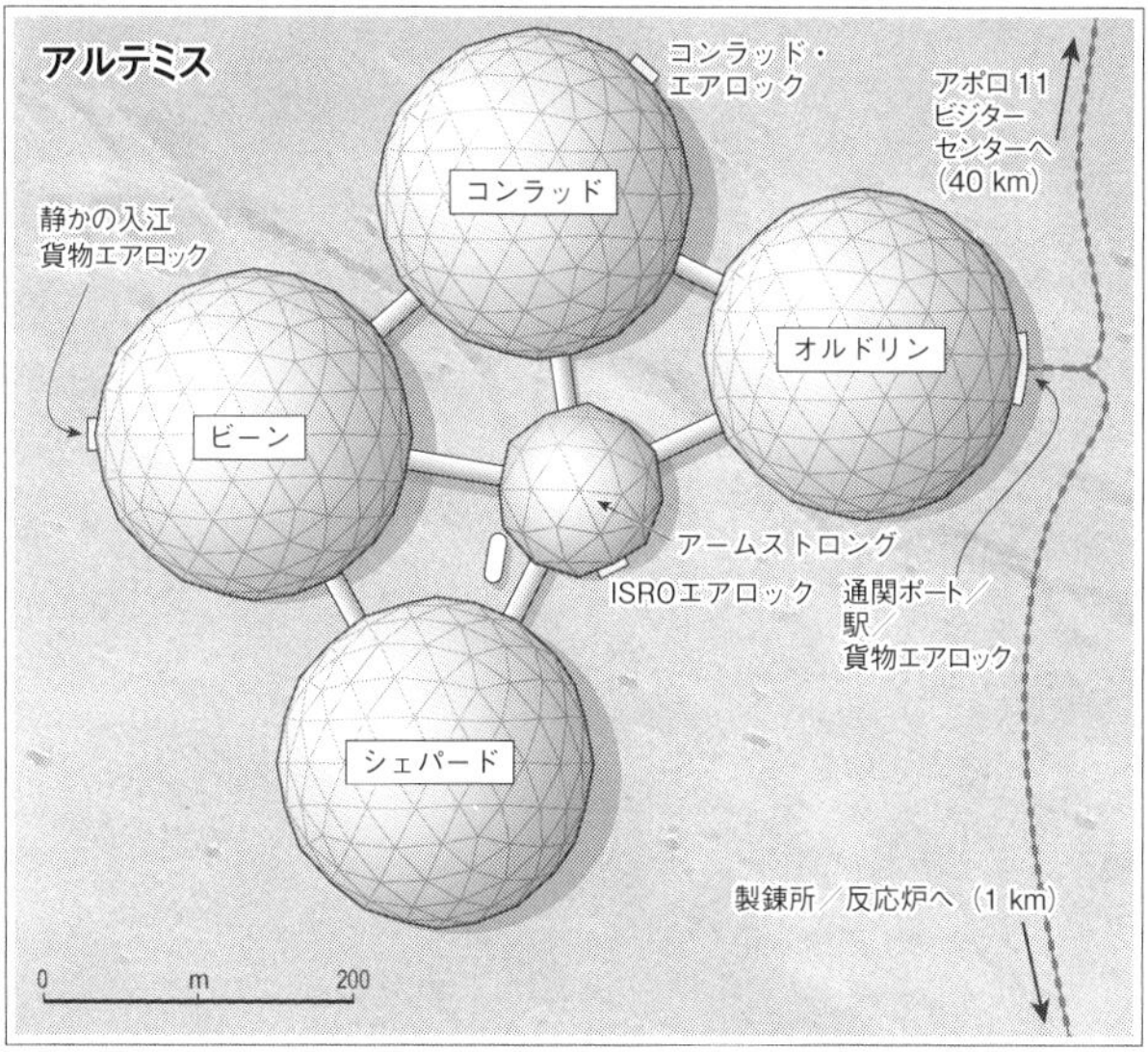
アルテミス
コンラッド・
エアロック
アポロ11
ビジター
センターへ
(40 km)
コンラッド
静かの入江
貨物エアロック
オルドリン
ビーン
アームストロング
ISROエアロック
通関ポート／
駅／
貨物エアロック
シェパード
製錬所／反応炉へ（1 km）
0
m
200

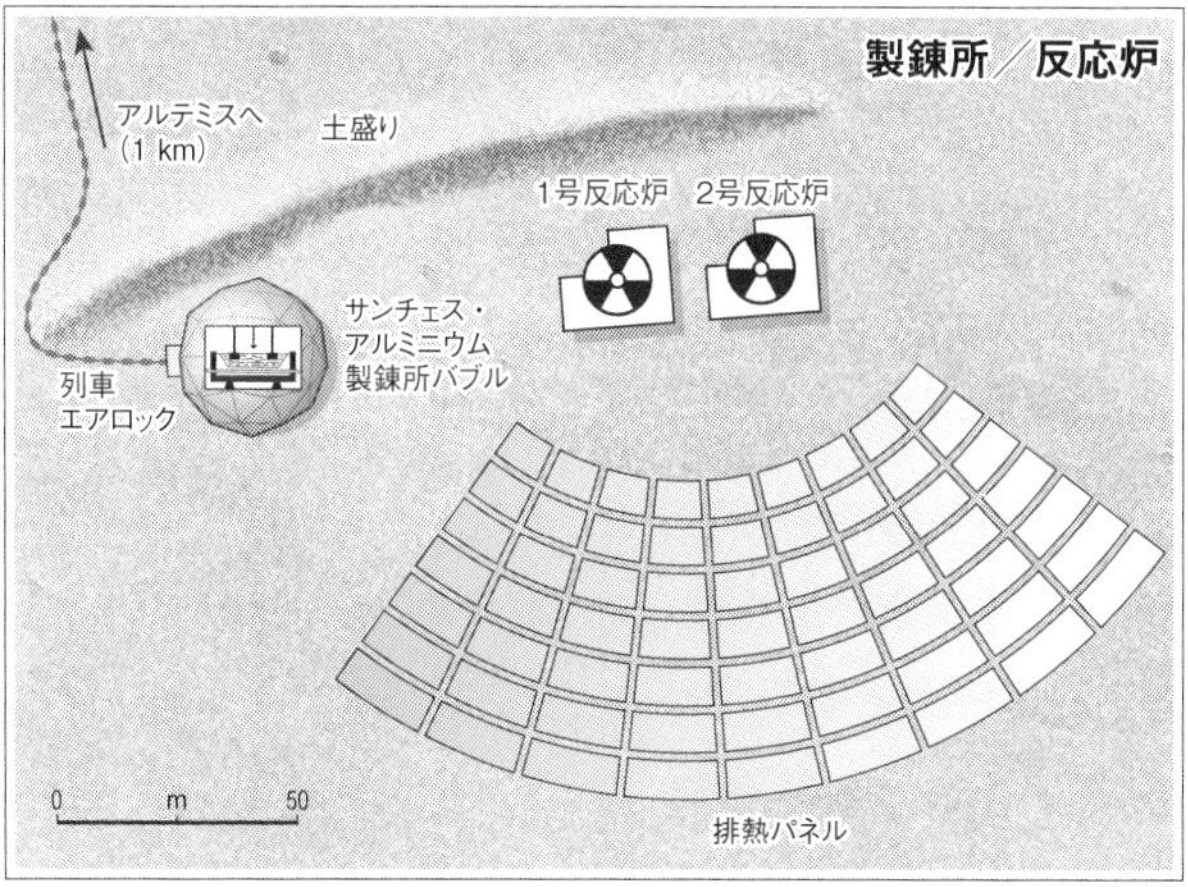
製錬所／反応炉
アルテミスへ
(1 km)
土盛り
1号反応炉
2号反応炉
サンチェス・
アルミニウム
製錬所バブル
列車
エアロック
0
m
50
排熱パネル

登場人物

●アルテミス

ジャスミン（ジャズ）・バシャラ……ポーター

ボブ・ルイス……船外活動（EVA）ギルド主任トレーナー

デイル・シャピロ……EVAマスター

ルーディ・デュボア……アルテミス保安部治安官

マーティン・スヴォボダ……欧州宇宙機関（ESA）研究員

ビリー……ハートネルズ・パブのバーテンダー

トロンド・ランドヴィク……実業家

フィデリス・グギ……アルテミス統治官

アマー・バシャラ……ジャズの父。溶接工

●地球

ケルヴィン・オティエノ……ジャズの友人

1

わたしは巨大なコンラッド・バブルをめざして、灰色の埃っぽい地面をぽんぽん飛び跳ねて進んでいた。赤いライトでぐるりを縁どられたエアロックは悲惨なほど遠い。一〇〇キロのギアをつけて走るのはきつい――いくら月の重力下でも。けれど、命がかかっているとなったら、それはもう驚くほど頑張れるものだ。

ボブが横を走っている。無線で彼の声が入ってくる――「おまえのスーツにおれのボンベをつなぐから！」

「そんなことしたら、そっちも死んじゃうわ」

「リークがすごいんだぞ」彼はどなりつけてきた。「ボンベからエアが逃げてくのが見える、えるんだから」

「元気になれる情報、ありがとうございます」

「おれはＥＶＡマスターなんだぞ。いますぐ止まって、交差接続させるんだ！」

「いいえ、お断り」わたしは走りつづけた。「リークの警報が鳴る前にポンて音がしたわ。金属疲労よ。たぶんバルブの部品。交差接続したらギザギザの断面でそっちのホースに穴があいちゃう」

「それくらいのリスクはよろこんで引き受ける！」

「そんなことさせたくない」わたしはいった。「ボブ、あたしを信じて。金属のことはよくわかってるんだから」

　わたしは長い、均等な跳躍に切り替えた。スローモーションになったような気がするけれど、じつはこれだけの重量で動くときはこれがいちばんなのだ。ヘルメットの警告ディスプレイに、エアロックまで五二メートル、と出ている。腕の表示装置をちらっと見た。酸素残量がガンガン減っていく。だから見るのをやめた。

　長いストライドの効果が出てきた。まさにぶっ飛ばしてる状態。ボブでさえ置いてけぼり。彼は月でいちばんの熟練船外活動《EVA》マスターなのに。コツは——地面に触れるたびにまえへ進む運動量をふやしていくこと。でもこれをやるときは、一歩一歩、注意しないといけない。へたをすると頭からつんのめって地面をすべっていくことになる。ＥＶ

Aスーツは丈夫だけれど、できれば表土でガリガリはしないほうがいい。

「スピード出しすぎだぞ！　転んでフェースプレートが割れたらどうするんだ！」

「真空を吸いこむよりましよ」わたしはいった。「一〇秒は稼げるでしょ」

「おれはだいぶ遅れてる」彼がいった。「待たなくていいからな」

わたしは、コンラッドの外壁の三角形のプレートが視野いっぱいにひろがってきてはじめて、自分がどれくらい速く進んでいるのかに気づいた。プレートがすごい速さで大きくなっていく。

「ヤバッ！」スピードを落とすヒマはない。わたしは最後の一歩を跳んで、前転した。ジャストのタイミングで――スキルというよりは、運の問題だったけれど――壁に足からぶつかった。はい、たしかにボブのいうとおり。スピードの出しすぎでした。

地面に落ちて、大急ぎで立ちあがって、ハッチのクランクをひっつかむ。

耳がポンと鳴った。ヘルメットのなかで警報音が鳴り響く。ボンベが空っぽになりかけている――もうこれ以上リークに対処しきれない。

わたしはハッチを押し開けて、なかに倒れこんだ。息が吸えずに喘ぐ。視界がぼやけていく。わたしはハッチを足で蹴って閉めると、非常用ボンベに手をのばしてピンを引き抜いた。

ボンベのふたがふわふわと飛んで、気密室に空気があふれでてきた。出てくるスピードが速いので、急速な膨張による冷却作用で半分は液化して霧になっていく。わたしは意識朦朧状態で、床に崩れ落ちた。

スーツのなかで喘ぎながら吐き気を抑えこむ。わたしの体力ではいくら頑張っても克服しきれない。酸欠が原因の頭痛が奥深くから湧きあがってくる。少なくとも三、四時間はつづくだろう。月で高山病になるなんて、そう簡単にできることではない。

シュー ッという音がかすかになって、途絶えた。

ボブがやっとハッチにたどりついた。小さい丸窓からなかをのぞきこんでいる。

「現状を報告しろ」無線が入ってきた。

「意識あり」わたしはゼイゼイいいながら答えた。

「立てるか？　誰か呼ぼうか？」

ボブはわたしを殺さずになかに入ってくることはできない——わたしは不具合のあるスーツを着てエアロックの床に倒れているのだから。でも、このなかにいる人なら、二〇〇〇人のうちの誰でもいい、反対側からエアロックを開けてわたしをなかに引きずりこむことができる。

「大丈夫」わたしは四つん這いになってから立ちあがった。コントロールパネルによりかかって身体を支えながら、洗浄開始。高圧のエアジェットがあらゆる角度から吹きだしてくる。灰色の月の塵がエアロックに渦巻き、壁に並んだフィルターつきの通気口に吸いこまれていく。

洗浄がすむと、内側のドアが自動的に開いた。

わたしは控室に入って内側のハッチを閉じ、どさりとベンチにすわりこんだ。ボブが通常の手順でエアロックを通り抜けてくる——ドラマチックな非常用ボンベのくだりはなし（ちなみに、このボンベはすぐに交換しなくてはならない）。通常どおりのポンプとバルブ操作。洗浄サイクルがすむと、彼は控室に入ってきた。

わたしは無言で彼がヘルメットとグローヴをはずすのを手伝った。人がスーツを脱ぐときはかならず手伝うこと。ひとりでさせてはならない。たしかにひとりでもできるけれど、なかなかたいへんな作業なのだ。この手のことに関しては、いろいろ昔からの習わしというものがある。彼もお返しにわたしが脱ぐのを手伝ってくれた。

「ほんと、ウヘーッて感じ」わたしはヘルメットを脱ぎながらいった。

「もう少しで死ぬところだったんだぞ」彼がスーツから足を抜きながらいう。「人のいうことをきいてりゃいいのに」

もぞもぞとスーツから抜けだして背中を見る。わたしはかつてはバルブだったギザギザの金属片を指差していった。「バルブが吹っ飛んでる。いったとおり。金属疲労よ」

彼はバルブをのぞきこんでうなずいた。「オーケイ。交差接続を断ったのは正しかった。よくやった。だが、こんなのは起きてはならないことだ。そのスーツ、どこで手に入れた？」

「中古を買ったのよ」

「どうして中古を買った？」

「新品を買うお金がなかったから。ぎりぎり中古を買うお金しかなかったし、あんたたちどあほう野郎どもが、スーツを持ってないとギルドに入れてくれないからじゃないの」

「新品が買えるまで貯金に励むべきだったな」ボブ・ルイスはクソまじめな元アメリカ海兵隊員だ。それ以上に大事なのは、彼がＥＶＡギルドの主任トレーナーだってこと。彼の上にはギルドの親方がいるけれど、ギルドのメンバーとして適切かどうかはボブの、ボブひとりの裁量できめられるのだ。メンバーでなければ単独ＥＶＡはできないし、観光客の団体を連れて月面に出ることもできない。ギルドとはそういうもの。どあほう野郎どもめ。

「それで？　どうなの？」

彼はフンと鼻を鳴らした。「ふざけてるのか？　おまえは試験に落ちたんだよ、ジャズ。大大大失敗をやらかしたんだからな」

「どうしてよ?!」わたしは彼に詰め寄った。「必要なマヌーバーはぜんぶやったし、課題はぜんぶ達成したし、障害物コースは七分以下でクリアしたわ。おまけに命にかかわるようなトラブルが起きたのに、パートナーを危険にさらすことなく、無事に街まで帰ってきたのよ」

彼はロッカーを開け、グローヴとヘルメットを重ねてなかに入れた。「おまえのスーツの管理はおまえの責任だ。スーツがだめになった。ということはおまえがだめだったということだ」

「あのリークはあたしのせいだっていうの?!　外に出るときにはなんの問題もなかったのよ！」

「これは結果がすべての仕事なんだ。月は意地悪婆さんだからな。おまえのスーツがだめになった理由なんて気にしない。だめになったら殺すだけさ。ギアをもっとしっかりチェックしておくべきだったな」彼はスーツ本体をロッカーの専用フックに掛けた。

「ねえ、ボブ！」

「ジャズ、おまえはもう少しで死ぬところだったんだぞ。そんなやつに合格なんていえるわけないだろ?」彼はロッカーを閉めて歩きだした。「再試験は半年以内に受けられる」

わたしは彼の行く手をふさいだ。「そんなのおかしいわよ! どうしてギルドの勝手な規則のせいで、あたしの人生が待機モードになっちゃうのよ?」

「装備の点検はもっと念入りにやれ」彼はわたしをよけて控室から出ていった。「それから、リークを修理してもらうときには、値切ったりするなよ」

わたしは彼のうしろ姿を見送って、どさりとベンチにすわりこんだ。

「くそ」

わたしは重い足取りで迷路のようなアルミニウムの通路をたどって家に帰った。といってもたいした距離ではない。街全体が直径たったの五〇〇メートルしかないのだから。

わたしはアルテミス(ギリシャ神話の月と狩猟の女神)に住んでいる。アルテミスは月面初の(そしていまのところ唯一の)都市だ。全体は〝バブル〟と呼ばれる五つの巨大な球体から成り立っている。球体の半分は地面の下だから、アルテミスは昔のSF本で月面都市はこういうものと書かれていた、まさにそのとおりのかたちをしている——つまりドームの集まり。ただ地下部分が見えないだけだ。

アームストロング・バブルがまんなかにあって、そのまわりにオルドリン、コンラッド、ビーン、そしてシェパードがある。バブルは隣同士、トンネルでつながっている。小学校の宿題でアルテミスの模型をつくったことがあるけれど、すごく簡単だった。ボールと棒を使って、一〇分でできた。

ここにくるにはお金がかかるし、ここに住むのもお金がかかる。でも街は金持ちの観光客と変わり者の億万長者だけでは成り立たない。労働者階級も必要だ。J・ゴージャス・リッチャロー三世が自分の家のトイレ掃除をするとは思えないでしょ？

わたしは一般庶民です。

わたしが住んでいるのはコンラッド・バブル、ダウン15。コンラッド・バブルの地下一五階にあるボロいエリア。もしうちの近所がワインだとしたら、ソムリエは「失敗とお粗末な人生設計の香りを含んだクソのような風味」と評することだろう。

四角いドアが狭い間隔でずらりと並ぶ通路を進んで、我が家にたどりつく。わたしの寝床は、とりあえず〝下〟だ。入りやすくて、出やすい。ロックに向かってギズモをふると、カチッと音がしてドアが開いた。腹這いで入って、ドアを閉める。

寝床に横になって天井を見つめる——顔から天井までは一メートルもない。

正式には〝カプセル・ルーム〟だけれど、みんな棺桶と呼んでいる。要するに鍵をかけられるドアがついた窓のない寝床だ。この棺桶の使い道は寝ること。それしかない。まあ、それは、ほかの使い道もある（そっちも横にならないといけないし）。でも、いいたいことはわかってもらえると思う。

ここにはベッドと棚がひとつある。というか、それしかない。通路の先に共同トイレがあって、数ブロック先に公共シャワーがある。わたしの棺桶は『ベター・ホームと月の風景』にすぐに載るようなものではないけれど、わたしの稼ぎではこれが精一杯。

ギズモで時間を見た。「うっそーーー」

落ちこんでいる時間はない。午後にKSC貨物機が着陸していたから、仕事にありつけるはずなのだ。

説明しておきます――〝午後〟というのは太陽がきめているわけではない。ここでは〝正午〟は二八地球日に一回あるだけだし、どっちにしろ目で見てわかるわけではない。どのバブルも厚さ六センチの外殻二層で覆われていて、二つの層のあいだの一メートルの空間には細かく砕いた石が詰めこんである。〝曲射砲〟を撃ちこんでもエア洩れは起こらないのだから、太陽光が入りこめるわけがない。

ではどうやって時間をきめているのか？　ケニア時間を採用しています。ナイロビで午後だから、アルテミスも午後。

もう少しで死ぬところだったEVAのあとで汗臭いし、よれよれだ。シャワーを浴びる時間はないけれど、とりあえず着替えはできる。わたしは横になってEVA用冷却ウエアを脱ぎ、ブルーのジャンプスーツを着た。ベルトを締めて起きあがり、あぐらをかいて髪をポニーテールにまとめる。そしてギズモをつかんで外に出た。

アルテミスには道路がない。通路はある。月面に建築物をつくるにはとんでもなくお金がかかるから、道路なんかに費用をつぎこむわけにはいかなかったのだ。欲しければ電動カートとかスクーターもあるけれど、通路は歩行用に設計されている。重力は地球の六分の一。歩くのにたいしてエネルギーはいらない。

まわりがボロいほど、通路も狭い。コンラッド・ダウンの通路は断然、狭い。閉所恐怖的に狭い。二人の人間が横向きになってやっとすれちがえるだけの幅しかない。

うねうねと通路をたどってダウン15の中心部に向かう。近くにエレベーターはないので階段を三段とばしであがる。中核の階段は地球の階段とおなじ――一段の高さが二一センチになっている。これだと観光客が上り下りしやすい。観光客が入ってこないエリアでは一段が五〇センチ。月の重力向きにできている。とにかく、わたしは観光客用の階段を地上レベルのグラウンド階まで三段とばしであがった。一五階上まであがるというときつそうにきこえるかもしれないけれど、ここではたいしたことじゃない。わたしは息切れひとつしなかった。

バブル同士をつなぐトンネルはぜんぶこの階にある。当然、ショップとかブティックとか、観光客狙いのものは歩行者がきやすいこの階に出店したがる。コンラッドではほんものの食べ物には手が出ない観光客向けに、乾燥粉末食品《ガンク》を出すレストランが大半を占めている。

オルドリン接続路に人が流れこんでいく。これは（アームストロングを通ってずっと遠まわりするのでなければ）コンラッドからオルドリンにいく唯一の道だから、大通りということになる。接続路に入るには大きな円形のプラグ・ドアを通り抜けなければならない。万が一、トンネルに穴があいたら、コンラッドから逃げる空気の風圧でこのドアが閉まる。コンラッドにいる人はみんな無事。もしそのときトンネルのなかにいたら……それは、ウヘーッてことで。

「よお、ジャズ・バシャラじゃないか！」近くのアホがいった。友だちみたいな口をきいてくるけれど、友だちじゃありません。

「デイル」わたしはいった。足は止めない。

彼は急いで追いついてきた。「貨物船がくるんだな。じゃなきゃ、重いケツを制服にねじこむわけないもんな」

「ちょっと、あたしがあんたの口のきき方のことで腹を立てたの、覚えてないの？　あ、たんま、勘ちがいだ。そんなこと一度もなかったわ」

「きいたぞ、きょうEVAの試験、落ちたんだってな」彼はわざとらしく残念そうに舌打ちした。「ついてないな。おれは一回でパスしたけど、みんながおれみたいにいくわけじゃないもんな」

「失せろ」

「ああ、でも、これだけはいっておく。観光客は外へいくのに大枚払うんだ。でもって、おれはこれからビジターセンターにいってツアーガイドをする。がっぽり稼いでまいります」

「外に出たら、かならずギンギンに尖った岩の上でピョンピョン跳ねるようにね」

「おいおい、試験に合格した人はそんなばかなことはしないんだよ」

「冗談よ」わたしはしれっといってやった。「EVAが本業とは思えないもんだから」

「ああ、そのとおり。いつかはおれも、おまえみたいなデリバリー・ガールになりたいよ」

「ポーター」わたしは低く唸るようにいった。「正式名称は〝ポーター〟」

彼はすごく効果的に得意げな笑みを浮かべてみせた。一発食らった気分だった。ありがたいことに、ちょうどオルドリン・バブルに到着したので、わたしは彼を肩で押しのけて接続路から出た。オルドリンのプラグ・ドアもコンラッドのとおなじように寝ずの番でバブルをまもっている。わたしは速足で進み、デイルの視線からはずれるために、きゅっと右に曲がった。

オルドリンはあらゆる点でコンラッドとは正反対だ。コンラッドには配管工やガラス吹き工、金属細工職人、溶接屋、修理屋……その他もろもろがあふれている。でもオルドリンは完全な行楽地だ。ホテルがあって、カジノがあって、エロい店や劇場、ほんものの芝生が植わった正真正銘の公園まである。地球上のありとあらゆるところから金持ちがやってきて、二週間滞在していく。

わたしはアーケードを通り抜けた。行き先までいちばんの近道ではないけれど、ここの眺めが好きだから。

ニューヨークには五番街、ロンドンにはボンド・ストリート、そしてアルテミスにはアーケード。どの店にも値段の表示はない。値段をきく必要がある人間には買えない値段ということだ。リッツ・カールトン・アルテミスはブロックまるまるひとつを占めていて、地上五階、地下五階建て。一泊一万二〇〇〇スラグ——わたしがポーターの仕事で稼ぐ賃金の一カ月分だ（ほかの収入源もあるけど）。

月でのバケーションはとんでもなくお金がかかるにもかかわらず、需要はつねに供給を上まわっている。中産階級の地球人にとっては、ちょっとローンを組めば手が出る一生に一度の経験で、そういう人たちはコンラッドみたいなお粗末なバブルのお粗末なホテルに泊まる。でもリッチな人たちは毎年ここにきて、リッチなホテルに泊まる。そして、ああ、ほんとうにもう、買い物しまくる。

オルドリンはほかのどこよりも大きなアルテミスの収入源だ。

このショッピング街には、わたしが買えるものはひとつもない。でも、いつか、ここの人になれるだけのものを稼いでみせる。とにかく、そうするつもり。わたしはもう一度ゆっくり眺めてから方向を変えて、通関ポートに向かった。

オルドリンは着陸ゾーンにいちばん近いバブルだ。リッチな人たちは貧乏くさいエリアを通って汚れるのなんていやがるでしょ？　だからまっすぐきれいなところへご案内するわけ。

ポートの入り口の大きなアーチ道をぶらぶら通り抜ける。ばかでかいエアロック複合施設は街で二番めに大きい空間だ（これより大きいのはオルドリン公園だけ）。室内は忙しく立ち働く人でごったがえしていた。効率よくすべるように行き交う人たちのあいだをすり抜けて進む。街なかではゆっくり歩かないと、観光客を跳ね飛ばしてしまうことになる。でもポートはプロフェッショナル・オンリーだ。みんながアルテミス・ロングステップを身につけていて、全速で動いている。

ポートの北の端にある列車エアロックのそばでは、通勤の人が数人、列車を待っている。たいていは、街の南一キロのところにある反応炉かサンチェス・アルミニウムの製錬所にいく人だ。製錬所はとんでもない量の熱とものすごく厄介な化学物質を扱っているから、みんな遠くにあるほうがいいと思っている。反応炉は……原子炉だ。だからやっぱり遠いほうがいい。

デイルが列車のプラットホームのほうへすべるように進んでいった。アポロ11ビジターセンターにいくのだ。観光客はあそこが大好き。四〇分ほどの列車の旅は月面の息を呑むような絶景を堪能できるし、ビジターセンターは真空空間に出なくても着陸地点を見られる最高の場所だ。そして、外へ出てもっとよく見たいという観光客のためには、デイルやほかのEVAマスターがガイドするツアーが用意されている。

列車エアロックのまんまえには、大きなケニアの国旗があって、その下には「あなたはいまケニア海外プラットホーム・アルテミスに立っています。このプラットホームはケ《K》ニア・ス《S》ペース・コ《C》ーポレーションの所有物です。国際海事法が適用されます」と記されている。

わたしはデイルをにらみつけてやった。なのに向こうは気づかない。チッ、完璧な意地悪女の視線だったのに、損した。

ギズモで着陸ゾーンのスケジュールをチェックする。きょうはミートシップはこない（わたしたちは客船のことを、こういう）。ミートシップはだいたい一週間に一度しかこないから、つぎがくるのは三日以上先だ。よかった。〝月のおばかちゃん《ムーン・プーン》〟を探しまわる資産家のおぼっちゃまたちほど厄介なものはないんだから。

わたしは貨物エアロックのある南側に向かった。貨物エアロックは貨物が入ってくるのを待ち構えている。このエアロックは一回の開閉サイクルで一万立法メートルの貨物を収容できるが、運びこみには時間がかかる。ポッドは何時間も前に到着している。EVAマスターたちがポッドをまるごとエアロックに入れて、高圧エアでの洗浄もすませている。

わたしたちは月面の塵を街に入れないようにするため、あらゆる手を尽くしている。まったく、さっきのバルブ破裂アドベンチャーのあとだって、洗浄だけは欠かさなかったんだから。どうしてそんな面倒なことをするのか？　それは月の塵を吸いこむと、ものすごく身体によくないから。月の塵はすごく小さい石だ。そして、いったんなかに入ってしまったら、雨風もないから外へ出ていかない。塵はひと粒ひと粒が、肺を引き裂こうと手ぐすね引いているトゲトゲの悪夢。この塵を吸いこむくらいなら、アスベスト入りのタバコをひと箱吸うほうがよっぽどましだ。

貨物エアロックに着くと、もう巨大な内部ドアが開いて、ポッドの荷下ろしがはじまっていた。わたしはするすると港湾労働者のボスのナコシに近よっていった。彼は検査デスクにすわって積荷の箱の中身を調べている。密輸品が入っていないことを確認すると、箱を閉じてアルテミスのシンボル――大文字のAで、右側が弓矢のようなデザインになっている――のスタンプを押す。

「おはようございます、ミスター・ナコシ」わたしは元気よく挨拶した。彼と父さんは友だちで、わたしが小さい頃からの長いつきあいだ。彼は、わたしにとって家族のようなもの、大好きなおじさんという感じだ。

「ほかのポーターといっしょに列に並べよ、ちびすけ」

そうね、遠い親戚って感じかな。

「やだあ、ミスターN」わたしは甘え声でいった。「あたし、もう何週間も前からこの荷物を待ってたのよ。ちゃんと話したじゃない」

「支払いは送金したのか？」

「スタンプは押してくれた？」

彼はわたしと視線を合わせたままデスクの下に手をのばした。まだ封をされたままの箱をとりだして、わたしのほうにすべらせてよこす。

「スタンプが見当たらないけど」わたしはいった。「毎回、こんなことしなくちゃならないの？　前はすごく仲良しだったのに。どうしちゃったの？」

「おまえさんが大きくなって、こずるい頭痛の種になったからだよ」彼は自分のギズモを箱の上に置いた。「あんなに可能性に満ちていたのになあ。無駄に垂れ流しちまった。三〇〇〇スラグ」

「二五〇〇でしょ？　それで話がついてたわよね？」

彼は首をふった。「三〇〇〇。ルーディが嗅ぎまわってるんだ。リスクが高まれば、ペイも高くなる」

「それはジャズの問題というよりナコシの問題だと思うな」わたしはいった。「二五〇〇で合意したのよ」

「うーん。となると、もう少し念入りに調べなくちゃいかんな。どれどれ、まさかこのなかにあってはならないものが……」

わたしはくちびるをすぼめた。つっぱっているときじゃない。ギズモのバンキング・ソフトを起動させて送金開始。ギズモはお互いの身元確認と認証という魔法みたいな、要するにコンピュータがやる作業をすませた。

ナコシは自分のギズモで確認ページをチェックすると、よしというようにうなずいて、箱にスタンプを押した。「ところで、中身は何なんだ？」

「ほとんどがポルノよ。あなたのママが主演の」

彼はフンと鼻を鳴らして、検査作業にもどった。

これがアルテミスに密輸品を持ちこむ手口だ。ほんと、すごく単純。必要なのは六歳のときから知っている腐敗した役人だけ。アルテミスで密輸品を手に入れるには……それはまたべつの話。あとでゆっくりね。

いつもなら、まだいくつか配送品を受け取るところだけれど、これは特別な荷物だった。わたしはカートまで歩いていって、運転席に飛び乗った。カートは必需品というわけではない――アルテミスは車用にできていない――けれど、あちこち動きまわるにはカートのほうが速いし、その分、たくさん配達できる。配達一件につきいくらという稼ぎだから、投資する価値はある。わたしのカートは運転しにくくていらつくけれど、重い物を運ぶには最高だ。だから、こいつは男だと思って、トリガーという名前をつけた。

トリガーはポートに置いてあって、月極めで料金を払っている。ほかに彼を置いておける場所なんてない。家は地球の典型的な独房より狭いんだから。

トリガーの電源を入れる――キーとかそういうものはない。ボタンがあるだけ。どうして盗まれないかって？　盗んでどうするの？　売る？　絶対、無理。アルテミスは小さい街だから。盗むやつなんていない。まあ、たしかに万引きはときどきある。でもカートを盗むやつはいない。

わたしはカートを走らせて、ポートを出た。

トリガーで贅沢なシェパード・バブルの通路を進む。ここはみすぼらしいうちの近所とは大ちがいだ。シェパードの通路には木のパネルが使われていて、床は趣味のいい吸音効果のあるカーペット敷き。二〇メートルごとにシャンデリアが下がっていて、あたりを煌々と照らしている。こういうものは、とりあえず、そうめちゃくちゃ高いわけではない。月にはシリコンがたっぷりあるので、ガラスはここでつくっている。でもやっぱり、これみよがし。

もしあなたが月で休暇をすごすのはお金がかかると思っているなら、シェパード・バブルで暮らすのにどれだけかかるかは、知らないほうがいいと思う。オルドリンは高すぎる店とホテルでできているけれど、シェパードは裕福なアルテミス人が住むところなのだ。

わたしが向かっている先は、街でも指折りの金持ちのなかの金持ち野郎、トロンド・ランドヴィクのところだ。彼はノルウェーのテレコム産業で財をなした。彼の家はシェパードのグラウンド階にあって、かなりの広さを占めている——住んでいるのは彼と彼の娘と住みこみのメイドだけ、ということを考えると、ばかばかしいほど広すぎ。でもね、彼のお金だから。彼が月に大きな家を持ちたいというなら、それはもうわたしがどうこういえることじゃない。わたしはいわれたとおりに違法なものを届けるだけ。

トリガーを家の入り口（細かくいえば、いくつかある入り口のひとつ）のそばに停めてチャイム・ボタンを押すと、ドアがスライドして大柄なロシア人の女性が出てきた。イリーナはランドヴィク親子と太古の昔からいっしょにいる。

彼女はわたしを無言で見つめた。わたしも見つめ返す。

「荷物の配達です」しょうがないから、いった。イリーナとはこれまでうん千億回も顔を合わせてきたのに、彼女はわたしが戸口に立つたびに用件をいわせる。

イリーナがフンと鼻を鳴らしてくるりと背を向け、なかに入っていった。どうぞなかへ、というお招きのしるしだ。

彼女のあとについて豪邸の玄関広間を抜けるあいだに、わたしは彼女の背中に向かって、イーッだのベーッだの、いろんな顔をしてやった。彼女は廊下の先を指差すと、ひとこともロをきかずに反対側へ歩いていってしまった。

「きょうも会えてうれしかったわあ、イリーナ」わたしは彼女の背中に声をかけた。

天井がアーチ形になった廊下を抜けると、トロンドがスウェットにバスローブという格好でソファにもたれかかっていた。見たことのないアジア系の男としゃべっている。

「とにかく、どれくらい儲かるかは」――入ってくるわたしに目を留めて大きくにっこりと微笑む――「ジャズ！　いつもながら、会えてうれしいよ！」

トロンドの客の横にはふたが開いた箱があった。彼は礼儀正しく微笑みながら、手探りで箱のふたを閉めた。当然、それで興味をくすぐられた。いつもなら、まるで気にもしないはずなのに。

「あたしも会えてうれしいわ」わたしはいって、密輸品をカウチに置いた。

トロンドが客を手で指していった。「こちらは香港からきたジン・チュウ。ジン、こちらはジャズ・バシャラ。地元の子。月で育った子だ」

ジンはひょいと頭を下げて、アメリカなまりの英語でいった。「会えてうれしいよ、ジャズ」不意を突かれた感じだった。それが顔に出たのだろう。

トロンドが笑いながらいった。「ジンはアメリカの一流私立校出身なんだ。香港だぞ、香港。魅力的なところだ」

「いやいやアルテミスほどじゃない！」ジンはにこやかに笑った。「月にくるのははじめてですからね。キャンディ・ストアに入った子どもみたいなもんです！　昔からSFが好きで、『スター・トレック』を見て育ったから、いまはスタトレの世界を生きてる感じですよ」

「『スター・トレック』？」トロンドがいった。「ほんとに？　あれは一〇〇年くらい前のだろう」

「いいものはいい。時代は関係ありません。誰もシェークスピアのファンに文句をつけたりはしませんよ」

「たしかに。しかし、ここには誘惑したくなるようなセクシーなエイリアン美女はいないからな。きみはカーク船長になりきることはできないぞ」

「じつは」――ジン・チュウは人差し指を立てた――「全クラシック・シリーズ中でカークがセックスしたエイリアン美女は三人だけなんです。しかもそのなかには、ほのめかしただけでほんとうにそうかどうかはわからないトロイウスのエレーンも入っている。だからほんとうはたった二人かもしれないんです」

　トロンドがまいりましたとばかりに頭を下げた。「もうスタトレ関係のことでは、きみに挑戦するようなことはいたしません。ここにいるあいだにアポロ11号着陸地点に行く予定はあるのかな？」

「もちろん」ジンはいった。「ＥＶＡツアーがあるときいてますが。それに参加したほうがいいんですかね？」

わたしは甲高い声で口をはさんだ。「いいえ。着陸地点はぐるっと立ち入り禁止になってます。ビジターセンターの展望ホールでも、おなじくらい近くまでいけますよ」

「ほお、なるほど。じゃあ、意味はなさそうだね」

ざまあ見ろ、デイル。

「コーヒーか紅茶はどうかな？」トロンドがいった。

「ああ、お願いします」とジン。「あれば、コーヒーの濃いのを」

わたしは近くの椅子にどさりと腰をおろした。「あたしは紅茶」

トロンドがカウチの背を飛び越えた（それほどたいしたことではない――この重力を考えればね）。するするとサイドボードまですべっていって、ヤナギ細工のバスケットをとりあげる。「ちょうど、最高級のトルコのコーヒーが手に入ったばかりなんだ。気に入ると思うよ」わたしのほうへ首をのばす。「ジャズ、きみも気に入るんじゃないかな」

「コーヒーはただのまずいお茶よ」わたしはいった。「飲む価値がある熱い飲み物は紅茶だけ」

「きみたちサウジ人は、ほんとうに紅茶が好きだな」トロンドがいった。

そう、わたしは法律上はサウジアラビア国民です。でも六歳からこっち、サウジにいったことはない。精神的なこととか信仰とか、父さんから受け継いだものも少しはあるけれど、いまは地球のどこにいってもしっくりこないと思う。わたしはアルテミス人だ。

トロンドが飲み物を用意しはじめた。「二人で話しててくれ。すぐだから」どうしてイリーナにさせないのだろう？　謎だ。正直いって、彼女がなんのためにいるのかわからない。

ジンは片腕を〝謎の箱〟の上に置いている。「アルテミスはロマンチックな旅先として人気だときいたんだが。新婚さんが多いのかな？」

「いいえ、そんなには」わたしはいった。「若い人には高すぎるから。でも、年配のカップルはたくさんきますよ。ベッドルームで刺激が欲しいと思ってる人たちが」

彼は、わけがわからないという顔をしている。

「重力」とわたしはいった。「六分の一Gだと、セックスってまるでちがうから。結婚して長いカップルにはすごくいいみたい。二人でセックスを再発見するっていうか――はじめてって感じになれるから」

「それは気がつかなかったなあ」とジンはいった。

「あたらしい発見をしたいんだったら、オルドリンには売春婦もいっぱいいますよ」

「ええ！　ああ、いや。そういう目的できたわけじゃないから」女が女遊びをすすめるとは思っていなかったらしい。地球人は、この話題にあまり触れたがらないけれど、どうしてだかぜんぜんわからない。サービスを提供して代金をもらう。べつに騒ぐようなことじゃないでしょ？

　わたしは肩をすくめた。「気が変わったら、二〇〇〇スラグぐらいで遊べますよ」

「いや、けっこう」彼は神経質そうに笑って、話題を変えた。「ところで……どうしてアルテミスの貨幣単位はスラグというのかな？」

　わたしはコーヒーテーブルに足をのせた。「軟着陸《ソフトランディッド》グラムの略。Ｓ・Ｌ・Ｇ。一スラグで、地球からアルテミスに運ばれる貨物が一グラム買えるの、ＫＳＣのおかげで」

「厳密にいうと、通貨じゃないんだ」サイドボードのほうからトロンドが話に入ってきた。「ここは国家ではない。だから通貨は持てない。スラグはＫＳＣから前もって買うサービスクレジットだ。ドルでもユーロでも円でもなんでもいい、地球の通貨を払うと、それがアルテミスに送る船荷の重量割当てに換算される。一度でぜんぶ使い切る必要はない。向こうで収支は把握しているんでね」

　彼はトレイをコーヒーテーブルに運んできた。「けっきょく、それが商売に便利な単位ってことになったわけさ。つまりKSCは銀行の役割を果たしているってことだ。地球では銀行なしにやっていくのは無理だろうが、ここは地球じゃないんでね」

　ジンがコーヒーをとろうと手をのばした。その隙に箱を見ると、白地に黒い文字でくっきりと、〝ZAFOサンプル──許諾使用者のみ使用可〟と書いてあった。

「じゃあ、このわたしがすわっているカウチも地球からの輸入品ということですね？」ジンがいった。「ここへ持ってくるのに、いくらかかったんです？」

「そいつは重さが四三キロある」トロンドが答える。「したがってここへ送らせるのには四万三〇〇〇スラグかかった」

「一般人の収入はどれくらいなんだろう？」とジンがたずねた。「さしつかえなければ、教えてもらえるかな？」

　わたしは紅茶のカップを両手で持って、そのぬくもりをてのひらに沁みわたらせた。

「あたしのポーターとしての稼ぎは、月一万二〇〇〇。低賃金の仕事だから」

　ジンはコーヒーをすすって顔をしかめた。前にも見たことがある。地球人はここのコーヒーがきらいなのだ。クソみたいな味だということは物理学で証明できる。

地球の空気は二〇パーセントが酸素で、それ以外は人体に必要のない窒素とかアルゴンとかだ。だからアルテミスの空気はぜんぶが純粋な酸素で、気圧が地球の二〇パーセントというかたちにしてある。そうすれば酸素量は適正で、外殻にかかる圧力は最小になる。これはべつにあたらしい概念ではない——アポロの時代からある考え方だ。ポイントは、気圧が低いと水の沸点が低くなるということ。ここでは水は摂氏六一度で沸騰するから紅茶もコーヒーもそれ以上熱くはならない。慣れていない人間にとっては、ぞっとするほどぬるい。

ジンはカップをそっとテーブルにもどした。たぶん二度と持ちあげないだろう。

「アルテミスへは、どうして？」とわたしはたずねた。

彼はZAFOの箱を指でリズミカルに叩いた。「何カ月も前から取引の話を詰めていてね。やっとまとまったから、ミスター・ランドヴィクにじかにお目にかかりたいと思って」

トロンドはカウチにおさまって密輸品の箱を手にした。「トロンドと呼んでくれといったじゃないか」

「そうそう、トロンド」ジンがいった。

トロンドは包装を破って黒っぽい木箱をとりだした。明かりにかざして、いろいろな角度から眺めている。美術方面にはあまり興味がないわたしが見ても、美しいといえるものだった。すべての面に手の込んだエッチングがほどこされていて、スペイン語で書かれた趣味のいいラベルが貼ってある。

「それはどういうものなんです？」ジンがたずねた。

トロンドはいかにも得意げにニカッと笑って、木箱のふたを開けた。なかには、一本一本、紙のホルダーにおさまった葉巻が二四本入っていた。「ドミニカの葉巻だ。よくキューバのが最高だというが、それは大まちがい。なんといってもドミニカものだ」

わたしは彼のために毎月、これをひと箱、密輸入している。常連客は大事にしなくちゃいけません。

彼がドアを指差した。「ジャズ、ちょっと閉めてくれないか？」

わたしはドアのほうへ向かった。きれいな内装をほどこした壁のパネルの裏には、ガチガチに機能的なハッチが隠されている。わたしはそのハッチを閉め、ハンドルをまわして部屋を密閉した。高級住宅にはたいていハッチが装備されている。ハッチがあれば、もしバブルが圧を失っても、家を密閉してしまえば死ななくてすむ。極端に用心深い人は、万が一にそなえて、夜、ベッドルームを密閉して寝ている。わたしにいわせれば、お金の無駄遣い。アルテミス史上、圧が失われたことは一度もない。

「ここは特殊な空気濾過《ろか》システムをつけてあるんだ」トロンドがいった。「煙はこの部屋から外へは出ないようになっている」

彼は葉巻の包装を破り、端を嚙み切って、ペッと灰皿に吐きだした。口にくわえて、ゴールドのライターで火をつける。そして何回かふかして、ため息をついた。「いいねえ……こいつはいい」

彼はジンに箱を差しだしたが、ジンは礼儀正しく手をふって断った。すると彼はわたしに向かって箱を差しだした。

「はいはい」わたしは一本つかんで胸ポケットにすべりこませた。「ランチのあとで吸うわ」

嘘だ。でも断れるわけがないでしょ？　一〇〇スラグくらいは稼げるんだから。

ジンは眉間にしわを寄せた。「失礼ながら……葉巻は輸入禁止ですよね？」

「まったく、理不尽な話だ」トロンドがいった。「密閉できる部屋があるのに！　煙を吐いたって誰の迷惑になるわけでもないんだぞ！　不公平じゃないか、まったく！」

「ああ、ぜんぜんわかってないわね」わたしはジンのほうに向き直った。「火事。万が一、アルテミスで火事が起きたら、そりゃあ悪夢なんです。外に出ればいいってもんじゃないんだもの。可燃性の素材は、よっぽどの理由がないかぎり違法なんです。いちばんいてもらっちゃ困るのは、ライターを持ってうろつくバカの集団」

「まあ……それはそうなんだが」トロンドは片手でライターをもてあそんでいる。何年か前に彼にたのまれて密輸したやつだ。二、三カ月ごとにブタンが必要になる。わたしはそれでまた稼げる。

わたしは温かい紅茶をまたひと口がぶっと飲んで、ギズモを出した。「トロンド？」

「ああ、わかってる」彼は自分のギズモを出して、わたしのギズモの隣に差しだした。

「まだ四〇〇〇スラグでいいのかな？」

「うーん。でも、フェアに警告しておくわ――つぎは四五〇〇にあげさせてもらうから。最近は、なんでも高くなっちゃってね」

「了解」彼はそういって、ギズモに必要事項を打ちこんだ。すぐにわたしのスクリーンに送金の確認画面が立ちあがった。受諾して取引完了。

「万事オーケイ」わたしはいって、ジンのほうを向いた。「お会いできてよかったわ、ミスター・ジン。ここでの滞在、楽しんでくださいね」

「ありがとう、楽しみますよ！」

「きみも楽しめよ、ジャズ」にっこり笑ってトロンドがいった。

わたしは二人の男を残して部屋を出た。二人がなにを企んでいるのか知らないけれど、公明正大なことじゃないのはまちがいない。トロンドはありとあらゆる怪しい仕事に手を出している――だから好きなんだけど。もし彼があの男を月までこさせたのだとしたら、〝商取引〟よりずっとおもしろいことが進行しているということだ。

角をまわって玄関広間に出ると、イリーナがいかにもいやそうな顔をして見送ってくれた。わたしはお返しに鼻にきゅっとしわを寄せてやった。わたしが外に出ると、彼女はさよならもいわずにドアを閉めた。

トリガーに飛び乗ろうとしたときだった。ビーッビーッとギズモが鳴った。ちょうどポーターの仕事が入ってきたのだ。わたしは勤続期間がいちばん長いし、たまたま近くにいるから、システムが最初にわたしに連絡してきたというわけ。

〝集荷場所：AG-5250、重量：～一〇〇KG。引き渡し場所：未指定。料金：四五二ğ〟

ワオ。四五二スラグ。いま葉巻ひと箱で稼いだ分のざっと一〇分の一。

でも引き受けた。なんとしてもお金を貯めなくてはならないから。

ケルヴィン・オティエノくんへ

こんにちは。わたしの名前はジャスミン・バシャラです。みんなはわたしのことをジャズとよびます。わたしは九さいです。わたしはアルテミスに住んでいます。ミズ・テラーはわたしの先生です。いい先生だけれど、わたしが授業中にギズモをいじっていると、とりあげてしまいます。先生がケニアのKSC複合ビルに住んでいる子どもたちにeメールを出すという宿題を出しました。先生はわたしにあなたの住所をわりあてました。あなたは英語を話しますか？　わたしはアラビア語も話せます。ケニアでは何語で話すのですか？　わたしはアメリカのテレビ番組がすきです。すきな食べ物はジンジャー・アイスクリームです。でも、いつもはガンクを食べています。わたしはイヌがほしいけれど、買えません。地球では貧乏な人でもイヌをかっているとききました。ほんとうですか？　あなたはイヌをかっていますか？　もしかっていたら、そのイヌのことを教えてください。

ケニアに王さまはいますか？

わたしのパパは溶接工です。あなたのパパの仕事はなんですか？

ジャズ・バシャラさんへ

こんにちは。ぼくはケルヴィンです。ぼくも九さいです。ぼくはママとパパといっしょに住んでいます。女のきょうだいが三人います。三人ともまぬけで、上の二人はぼくをぶちます。でもぼくはどんどん大きくなっているから、いつか二人をぶちかえしてやります。これは冗談です。男の子はぜったいに女の子をぶってはいけないと思います。

ケニア人は英語とスワヒリ語を話します。ケニアに王さまはいません。大統領がいて、下院議員と上院議員がいます。おとなは投票して、議員が法律をつくります。

ぼくのうちにはイヌはいませんが、ネコが二匹います。いま、一匹がエサを食べにきました。もう一匹はとてもいい子で、いつもカウチで寝ています。

ぼくのパパはKSCのけいび員です。ゲート14で働いていて、入ってもいい人だけが入れるように見張っています。ぼくたちは複合ビルのなかの、わりあてられた家に住んでいます。学校も複合ビルのなかにあります。KSCで働いている人の子どもはみんなただで学校にいけます。KSCはとても気前がいいので、ぼくたちはみんな感謝しています。

ママはずっとうちにいます。ママはぼくたちのめんどうを見てくれます。いいお母さんです。

ぼくのすきな食べ物はホットドッグです。ガンクってなんですか？　きいたことがありません。

ぼくはアメリカのテレビ番組がすきです。とくにソープオペラがすきです。すごくおもしろいのに、ママは見せたがりません。でもインターネットがあるから、ママが見ていないときに見ています。ママにはいわないでください。ハハハ。きみのママはなにをしていますか？

大きくなったら、なにになりたいですか？　ぼくはロケットをつくりたいです。いまはロケットの模型をつくっています。ちょうどＫＳＣ２０９－Ｂの模型をつくりおえたところです。部屋にかざってあって、とてもかっこいいです。いつかほんもののロケットをつくりたいです。ほかの子はロケットのパイロットになりたいというけれど、ぼくはそれはやりたくありません。

きみは白人ですか？　アルテミスにいる人はぜんぶ白人だとききました。この複合ビルにも白人がたくさんいます。みんな世界中からここに仕事をしにきています。

ケルヴィンへ

あなたがイヌをかっていないのは、とても残念です。いつかロケットをつくれるといいですね。模型じゃなくてほんものを。

ガンクは貧乏人の食べ物です。乾燥させた藻と調味料のエキスでできています。地球からくる食べ物は高いので、アルテミスでは水槽で藻を育てています。ガンクはまずいです。調味料のエキスで味がよくなるはずなのに、ちがうまずさになっているだけです。それを毎日食べなくてはなりません。大きらいです。

わたしは白人ではありません。アラビア人です。明るい茶色という感じです。ここにいる人の半分くらいは白人です。ママは地球のどこかに住んでいます。わたしが赤ん坊のときに出ていってしまいました。ママのことはなにも覚えていません。

ソープオペラはつまらない。でもあなたがつまらないのをすきなら、それでもいいです。それでも友だちにはなれます。

家に庭はありますか？　外に出たければ、いつでも出られますか？　わたしは一六歳になるまで出られません。そういうふうにEVAの規則できまっているからです。いつかEVAのライセンスをとって、すきなだけ外に出たいです。誰にもだめとはいわせません。

ロケットづくりはすてきな仕事という感じですね。その仕事ができるといいですね。わたしは仕事はしたくありません。大きくなったら、金持ちになりたいです。

2

アームストロングは最悪。街のこんなひどい場所にあんなすごい人の名前をつけるなんて恥知らずもいいところ。

古い通路をトリガーで走っていても、工業設備がぎしぎしとまわる単調な音が壁の向こうからきこえてくる。重工業製品の製造工場は一五階も離れたところにあるのに、音は伝わってくるのだ。わたしは生命維持センターにカートを乗りつけて、重いドアのすぐ外で停車した。

生命維持センターはちゃんとした保安規約が定められている、街でも数少ない場所のひとつだ。誰でもぶらぶら入っていけるようでは困る。ドアのパネルにギズモをかざす。といっても、もちろんわたしは認定者リストに入っているわけではないから、ここからは待つしかない。

集荷要請は一〇〇キロ以下の荷物がひとつ、ということだった。ちょろい、ちょろい。

その倍でも、汗ひとつかかずに持ちあげられる。そういえる地球の女の子は、そうはいないわよね！　たしかに、地球の子は六倍の重力を相手にしなくちゃならないけれど、それは向こうの問題だから。

重量以外、オーダーはあいまいだ。中身もどこへ配達するのかもわからない。客からきくしかない。

アルテミスの生命維持センターは宇宙旅行史上、唯一無二の存在だ。ここでは二酸化炭素を処理して酸素にするという方式をとっていない。それ用の装置はあるし、必要とあれば何カ月ももつバッテリーも持っている。でも、ここにはもっとずっと安上がりで実質的に無限といっていい酸素の供給源がある——アルミニウム産業だ。

街の外にあるサンチェス・アルミニウムの製錬所では、鉱石を処理して酸素をつくっている。じつはそれこそが製錬なのだ。酸素を除去して純粋な金属をつくる。たいていの人は知らないけれど、月にはばかばかしいほど大量の酸素がある。ただ、とりだすのに大量のエネルギーが必要なだけだ。サンチェスは副産物として大量の酸素をつくりだしているので、副業でロケット燃料を製造するだけでなく、街に呼吸可能なエアを供給したうえに、最終的に余った分は外に放出している。

つまりここには、どう使えばいいかわからないほどの酸素があるのだ。生命維持センターはその供給を管理し、サンチェスのパイプラインから入ってくる酸素の安全性を確認し、使用済みのエアからCO_2を分離する。センターはほかにも気温とか気圧とか、いろいろとおもしろいものを管理している。そして分離したCO_2をガンク農場に売っている。ガンク農場はそれを使って、貧乏人が食べる藻を育てる。すべては経済。でしょ？

「やあ、バシャラ」うしろから耳慣れた声がきこえた。

くそ。

わたしは目一杯のつくり笑顔でふりむいた。「ルーディ！　あなたからの集荷だとは知らなかったわ。知ってたらこなかったのに！」

オーケイ。嘘はやめておきます。ルーディ・デュボアはすごくハンサムだ。身長二メートルで、ヒトラーの性夢みたいなブロンド（ヒトラーが理想としたアーリア人の特徴のひとつ）。一〇年前に王立カナダ騎馬警察をやめてアルテミスの保安部のボスになったんだけれど、いまだに毎日、騎馬警察の制服を着ている。それがまた似合うの。すごく似合ってる。べつにすきなわけじゃないけど……わかるでしょ……軽い感じでできたらなって……。

彼は誰もが認める街の法律だ。そう、たしかにどんな社会にも法律は必要だし、法律をまもらせる人も必要だと思う。でもルーディは、かなりのやりすぎ。

「心配するな」彼はギズモをとりだした。「おまえが密輸しているというはっきりした証拠はつかんでいないから。いまのところはな」

「密輪？　あたしが？　うわー、なにそれ。ミスター正義の味方、ずいぶんおかしなことを考えてるのね」

　まったく、いやなやつ。彼はわたしが一七歳のときのある出来事以来、ずっとわたしに目をつけている。でも幸いなことに、彼には人を追放処分にすることはできない。その権限を持っているのはアルテミスの統治官だけだ。そして彼女は、ルーディが決定的な証拠を示さないかぎり、追放処分の裁定は下さない。というわけで、わたしたちのあいだにはある程度の抑制と均衡《チェック・アンド・バランス》システムが働いている。あくまでも、ある程度だけれど。

　わたしはあたりを見まわした。「で、荷物はどこ？」

　彼がギズモを読み取り機にかざすと、耐火ドアがスライドして開いた。ルーディのギズモは魔法の杖みたいなもので、アルテミスのどのドアでも開けられる。「ついてこい」

　ルーディとわたしは工業施設に入っていった。ひらの技術者たちが装置を操作し、主任クラスが壁面にある大きな現況表示ボードをモニターしている。

　この部屋にいるのは、わたしとルーディ以外、全員がベトナム人だ。アルテミスでは、だいたいがこんな感じになっている。知り合い同士が数人で移住してきて、なにか商売をはじめる。そして友だちを雇う。雇うのは当然、知り合いばかり。と、大昔からいわれている。

わたしたちが機械や高圧パイプの迷路をぬって歩いていても、働いている人たちは見向きもしない。現況表示ボードの中央にある椅子からミスター・ドアンが、わたしたちのほうを見ている。彼がルーディと視線を交わしてゆっくりうなずいた。

ルーディがエアタンクを掃除している男のうしろで立ち止まって、男の肩をトントンと叩いた。「ファム・ビン?」

ビンがふりむいて、うーんと唸った。かさかさに乾いた顔はいつもしかめっ面だ。

「ミスター・ビン。奥さんのタムが、けさドクター・ルーセルのところに駆けこんだぞ」

「ああ。あいつは不器用なんだよ」

ルーディはギズモの画面をくるりとビンのほうに向けた。そこには顔にあざをつくった女が映っていた。「ドクターの話だと、奥さんは目のまわりに黒あざ、ほっぺたに血腫、肋骨二本にひび、それに脳震盪《のうしんとう》もあるそうだ」

「不器用なんだよ」

ルーディはギズモをわたしにわたすと、ビンの顔にストレートを一発お見舞いした。わたしは非行少女時代、二、三回、ルーディとやり合ったことがあるからいえるけれど、彼は憎たらしいほど強い。殴られたとか、そういうことはぜんぜんない。でも一度だけ、片手でわたしをつかまえて、もう片方の手でギズモを使っていたことがあった。わたしは必死で逃げようとしたけれど、彼の手は鉄の万力だった。いまだに夜遅く、その場面を思い出すことがある。

ビンは床に倒れこんだ。四つん這いになろうとしたが、できなかった。月の重力で立ちあがれないということは、相当やられているということだ。

ルーディはひざまずくとビンの髪をつかんで頭を床から持ちあげた。「さあて、どうかな……よし、ほっぺたはいい感じに腫れてるな。つぎは目の黒あざだ……」彼は意識朦朧の男の目にすばやいパンチをお見舞いすると、髪をつかんでいた手をはなした。

ビンは胎児のようにまるまって呻いた。「やめてくれ……」

ルーディは立ちあがってわたしからギズモをとりかえすと、わたしにも見えるように二人のまえにかかげた。「肋骨二本にひび、だな？　左の四本めと五本めだよな？」

「みたいね」

彼はうつ伏せになっている男の脇腹を蹴った。男は叫ぼうとしたが、息が詰まって声にならなかった。

「脳震盪は顔へのパンチで起こしたということにしておこう」ルーディがいった。「やりすぎはまずいからな」

ほかの技術者たちは仕事の手を止めて見物していた。何人かはにやにや笑っている。ドアンは椅子にすわったままだ。よしよしという表情はこれっぽっちも見せない。

「こういうことになるんだからな、ビン」ルーディがいった。「これから先、奥さんの身に起こったことは、おまえの身にも起こる。わかったな？」

ビンが床の上で喘いだ。

「わかったな?!」さっきより大きな声でルーディがたずねる。

ビンは激しくうなずいた。

「よし」彼は微笑んで、わたしのほうを向いた。「これが荷物だ、ジャズ。ほぼ一〇〇キロをドクター・ルーセルのところへ運んでくれ。料金は保安サービスの経理に請求しろ」

「了解」わたしはいった。

ここではこうして正義がまもられる。ここには刑務所も罰金もない。重大な罪を犯したら、地球へ追放されるだけ。それに、なにはなくともルーディがいる。

この〝特別配送〟のあと、いくつかふつうの集荷と配送があった。ほとんどはポートから個人宅へだったけれど、一件、個人宅からポートへ大量の箱を運ぶ仕事を請け負った。引っ越しの手伝いはすきだ。たいてい、チップをはずんでくれるから。その日のはかなり地味なほうだった――地球へもどる若い夫婦の引っ越しだ。

奥さんは妊娠中だった。月の重力下では妊娠はNGだ――先天性欠損症になりやすいから。第一、ここでは赤ん坊は育てられない。骨や筋肉がちゃんと発達しないから。わたしがここへきたのは六歳のときだった――当時はここに住む場合はそれがぎりぎりの年齢だった。そのあと、一二歳に引きあげられている。これって気にしたほうがいいんだろうか？

つぎの集荷に向かっている途中で、ギズモが金切り声をあげた。電話のベルでもメールのビーッという音でもなく、警報の悲鳴だ。わたしはあわててギズモをポケットからとりだした。

火災：ＣＵ12‐3270――ロックダウン実施。近隣のボランティア要員、応答せよ。

「くそっ」

わたしはトリガーをバックさせてUターンできる幅のあるところまでもどった。正しい方向を向いたところで、斜路めざして突っ走る。

「こちらジャズ・バシャラ」わたしはギズモに向かっていった。「現在地、コンラッド・アップ4」

中央保安コンピュータがわたしの報告を受けて、画面にコンラッドの地図を出した。わたしは地図上にたくさん表示されている小さい点のひとつだ。すべての点がCU12-3270に向かって集まっていく。

アルテミスには消防署はない。そのかわりにボランティアがいる。でも、ここでは火と煙は即、命にかかわるものだから、ボランティアはエアボンベで呼吸する方法を知っている必要がある。だから、EVAマスターとEVA訓練生は自動的に全員がボランティアということになる。そう、皮肉な話よね。

火災現場はコンラッド・アップ12――いまいるところの八階上だ。

トリガーをキーキーいわせながら斜路をのぼって、のぼって、CU12にたどりつき、そこから通路を突っ走って第三環状路《リング》に向かう。その先は真北からほぼ二七〇度の区画を探さなくてはならなかった。が、すぐにわかった——すでにおおぜいのEVAマスターが集まっていたからだ。

住所地の分厚いドアの上で赤いライトが点滅している。かかげられた看板には〝クイーンズランド・ガラス工場〟と書いてある。

ボブもきている。現場に出動したギルド会員のなかではいちばん上役だから、この火事は彼の責任で対処することになる。彼はわたしがいるのに気づいて、すばやくうなずいた。

「よし、よくきけ」彼がいった。「ガラス工場内での火災だ。ボヤ程度のものではない。内部の酸素は燃焼し尽くされている。なかにいるのは一四人——全員、逃げ遅れることなくエア・シェルターに避難している。負傷者なし。シェルターは問題なく機能している」

彼はドアのまえに立っている。「今回は通常のように室内が冷えるのを待つわけにはいかない。この工場ではシリコンを酸素と反応させてガラスを製造しているから、圧縮酸素の大型タンクが複数ある。タンクが爆発しても部屋自体が壊れることはないが、なかにいる人間はひとたまりもない。さらに、われわれが新鮮な酸素をなかに入れてしまうと、すべてが吹き飛ぶことになる」

彼はわたしたちをドアのまえから追い払って、空間をつくった。「まず、ここにテントが必要だ。ドアの周囲の壁に密着させる。つぎに、テントのなかに空気でふくらませるアコーディオン・トンネルを設置する。救助要員は四名、必要だ」

よく訓練された消防部隊がただちに準備にとりかかった。中空のパイプで立方体の骨組みをつくり、耐火ドアの周囲の壁にビニールをテープで貼りつけ、そのビニールを骨組みにかぶせていって端をテープで留める。うしろのフラップ部分は留めずに開けてある。

テントのなかにアコーディオン・トンネルが運びこまれた。これは簡単な作業ではない――まにあわせのテントとちがって、空気でふくらませるトンネルのほうは耐圧仕様だ。分厚くて重くて、外部が完全に真空になっている場合にエア・シェルターにいる人を救助するときに使われる。ちょっとオーバーなやり方だけれど、ここにはこの装備しかないのだからしかたない。

テントはたいして大きくないので、なかはトンネルでほぼいっぱいだ。だからボブは集まってきたなかでいちばん小柄な四人を指名した。「サラ、ジャズ、アルン、マーシー、なかに入れ」

わたしたち四人は一歩まえに出た。ほかの人がエアボンベを背負わせ、顔に呼吸用マスクを、目にゴーグルを装着してくれる。お互いにギアをチェックしあって、親指を立てる。

わたしたちはすぐさまテントに入った。四人でいっぱいいっぱいだ。ボブが、すぐ内側に金属製のシリンダーを置いた。「エア・シェルター」は西側の壁沿いにある。なかにいるのはぜんぶで一四名」

「復唱。一四名」サラがいった。四人のなかでいちばん在任年数が長い、正式ライセンスを持つEVAマスターである彼女が進入チームのリーダーだ。ほかの消防ボランティアたちがテントのフラップをテープで閉じた。ただし隅の一カ所だけはわずかに開けたままだ。

サラがシリンダーのバルブをまわすと、二酸化炭素の霧が噴きだしてきた。酸素と置換していく過程であたりが水浸しになるけれど、酸素分子の最後の一個まで排除する必要はない。一分後、サラがバルブを閉じると、外の人間がテントのわずかに開いていた箇所を密閉した。

サラがドアに触れた。「熱い」わたしたちはこれからこのドアを開けて、いつ爆発するかわからない部屋に入っていくのだ。なかに酸素を入れはしないけれど、それでもやはり心穏やかではいられない。

　サラがドアのパネルに火災時ロック解除コードを打ちこんだ。そう、コード。いったん耐火室の警報が鳴ると、即座にドアと通気口が密閉される。なかにいる人は出られない――エア・シェルターに入るか、死ぬか、どちらかしかない。厳しい？　ううん、そんなことはない。街に火災がひろがるほうが、密閉された部屋で何人かが死ぬよりずっとひどいことになる。アルテミスは絶対に防火をおろそかにしない。

　サラのコマンドでカチリとドアが開くと、なかからの熱気がテントいっぱいにひろがった。たちまち汗が噴きだしてくる。

「ひどいな」アルンがいった。

　工場内には煙が立ちこめていた。隅のほうは熱で赤く光っているところもある。もしいくらかでも酸素が残っていたら、炎をあげていたにちがいない。奥の壁沿いに、事業用エア・シェルターがぼんやりと見えている。

　サラは一秒たりと無駄にしなかった。「ジャズ、わたしといっしょにまえを。アルンとマーシーはこの場に残って、トンネルのうしろを保持」

　わたしはサラの隣に並んだ。サラがトンネル前方の開口部の片端をつかみ、わたしがもう一方の端をつかむ。アルンとマーシーも後方でおなじ態勢をとる。

　サラが前進しはじめ、わたしも歩調を合わせて進んでいった。アコーディオン型のトンネルがわたしたちのうしろでのびていく。アルンとマーシーは後部をしっかり保持している。

シリコンと酸素を反応させると、大量の熱が発生する。だから耐火室にしてあるのだ。どうして地球のように砂を溶かさないのかって？　それは月には砂がないから。とりあえず、日常的に使えるほどの量はない。でもアルミニウム産業の副産物のシリコンと酸素はたっぷりある。だからガラスはいくらでも、欲しいだけつくれる。ただ、つくり方が厄介なだけだ。

正面に主反応室がある。閉じこめられている作業員たちのところへいくには、これを迂回してトンネルをのばしていかなくてはならない。「たぶん、これがホットスポットね」

サラはうなずくと、大きな弧を描いて主反応室を迂回するルートをとった。救助トンネルが溶けて穴があいたら元も子もない。

わたしたちはシェルターのハッチにたどりついて、小さい丸窓をノックした。と、窓に顔があらわれた——涙目で灰まみれの男の顔。たぶん、シェルターに最後に入った職工長だろう。彼が親指を立てて無事だと合図したので、わたしも親指を立てて応じた。

サラとわたしはトンネルのなかに入って、シェルターのハッチの周囲に金属環をクランプで留めつけた。少なくとも、これは簡単な作業だ。トンネルはそういうふうに設計されているのだから。テントに残ったままのアルンとマーシーがトンネルの後方の端をビニールに押しつけてテープで固定する。これで作業員を脱出させるルートができあがった。でもトンネルのなかには呼吸不能な部屋の空気が満ちている。

「排気準備は？」サラが大声でたずねた。

「密閉完了。準備よし！」アルンが大声で返してきた。

外の人間がビニールを切り開いた。トンネル内の煙が通路に洩れていくが、消防部隊がファンとフィルターを用意していて、煙のひろがりは最小限に抑えられている。

「テント、開放！　排気開始！」アルンが叫んだ。

サラとわたしは視線を交わして、お互い構えの姿勢をとると、同時に深々と息を吸いこんで、エアボンベの放出レリーズをポンとはじいた。噴きだしてきた気体が煙を押しやり、トンネルから通路へと抜けていく。すぐに、トンネルのなかは〝呼吸可能な〟空気で満たされた。コンラッド・アップ12は何日間か煤の匂いが残ることになるだろう。

試しに空気を吸ったら、サラもわたしも咳きこんでしまったが、悪くはない。べつにさわやかな空気である必要はないのだ。毒性がなければそれでいい。これで作業員が死ぬことはないと確認できたので、サラはエア・シェルターのハッチのハンドルをまわした。

作業員たちは素早く、きちんと一列に並んだ。りっぱだ。わたしのクイーンズランド・ガラスにたいする敬意のレベルが、ひと目盛あがった。緊急時にどう行動するか、訓練がいきとどいている。

「一人！　二人！　三人！……」ハッチを通る作業員を、サラが数えあげていく。わたしも自分で数えて確認する。

サラが一四人まで数えると、わたしは大声で報告した。「一四名！　確認！」

サラがシェルターのなかを見渡す。「シェルター内、無人！」

わたしもおなじことをくりかえす。「シェルター内、無人！　確認！」

わたしたちは、咳きこんだり、むせたりしている作業員たちにつづいてトンネルを進み、安全地帯にたどりついた。

「ご苦労さん」ボブがいった。ほかのボランティアが髪の毛の焦げた作業員たちに酸素マスクをつけさせている。「ジャズ、軽傷者が三名いる――二度の火傷だ。ドクター・ルーセルのところへ運んでくれ。ほかの者はテントとトンネルを室内に押しこんで、耐火ドアを密閉しろ」

トリガーとわたしは、その日、二度めの救急車としての役割を果たした。

けっきょく、酸素タンクは爆発しなかった。それでもクイーンズランド・ガラスは壊滅状態だった。恥ずべきことだ――防火には万全を期していたのだから。これまで違反ひとつしたことがなかったのだから、たぶん、運が悪かったのだろう。ゼロから再建していくしかない。

それでもエア・シェルターのメインテナンスがしっかりしていたのと、定期的に火災訓練をしていたおかげで、多くの命が救われた。工場は再生できる。人はできない。だからこれはひとつの勝利だ。

その晩、わたしはお気に入りの飲み屋、ハートネルズ・パブにいった。いつもの席――カウンターの端から二つめ――にすわった。いちばん端は、前はディルの席だった。でもそんな日々は終わってしまった。

ハートネルズは壁にあいた穴だ。音楽なし。ダンスフロアなし。カウンターとふぞろいなテーブルが三つ、四つあるだけ。雰囲気づくりに前向きといえるところはたったひとつ、壁に吸音フォームを使っていることだけ。ビリーは客がなにをもとめているか知っている――お酒と静けさだ。セクシャルな空気はゼロ。ハートネルズでは誰も人にしつこく話しかけたりしない。女の子をひっかけたいならオルドリンのナイトクラブにいけばいい。ハートネルズは、お酒を飲むところだ。飲みたいものはなんでも飲める。ただし、ビールなら、だけど。

わたしはここがすきだ。ビリーが気持ちのいいバーテンダーだからというのもあるけれど、最大の理由はわたしの棺桶からいちばん近いバーだから。

「こんばんは」ビリーがいった。「きょう、火事があったんだってな。なかに入ったってきいたけど」

「クイーンズランド・ガラスよ」わたしはいった。「あたしはチビだから選ばれたの。工場はめちゃめちゃだけど、みんな無事に外に出せた」

「よし、じゃあ一杯めはおれのおごりだ」彼はグラスにわたしのすきな濃縮還元のドイツビールを注いだ。観光客はまずいというけれど、わたしが知っているビールはこれだけだし、これでいいと思っている。でもいつかは完全なドイツビールを買って、なにが欠けているのか知りたい。ビリーがグラスをわたしのまえに置いてくれた。「ご奉仕に感謝」

「うわあ、遠慮しないわよ」ただのビールをつかんでぐいっとひと口。おいしくて冷たくて。「ありがとう！」

ビリーはうなずいて、ほかの客の相手をしにカウンターの反対側の端へ移っていった。

わたしはギズモでウェブブラウザを立ちあげて〝ZAFO〟を検索した。スペイン語で〝解放する〟という意味の動詞zafarの活用形だった。でも、香港からきたミスター・ジンがスペイン語の名前のものを持っているというのもおかしい気がする。それに〝ZAFO〟はぜんぶ大文字だ。頭文字かもしれない。でも、なんの？

なんにしろ、ネットではなにひとつ見つからなかった。ということは、なにか秘密のものということだ。いったいなんなのか本気で知りたくなってきた。詮索ずきなのがばれちゃった。で、とりあえずそれ以上どうしようもなかったので、頭のなかで脇に押しやった。

わたしには、毎日、銀行の残高をチェックするという悪いクセがある。見なくちゃいけないという気持ちに駆られて見ればふえる、とでもいうように、チェックせずにはいられない。でもバンキング・ソフトはわたしの夢に興味はないから、気が滅入るニュースを伝えてくれる——

口座残高：一万一九一六ğ

わたしの全資産は目標額四一万六九二二スラグの約二・五パーセント。この目標額がどうしても欲しい。どうしても必要。これ以上に大事なことはない。

あのクソEVAギルドに入れさえすれば、かなりの額が稼げるのに。ツアーは儲かる。一回のツアーで客八人、ひとりあたり一五〇〇ğ。つまり一回のツアーで一万二〇〇〇ğ。まあ、ギルドに一〇パーセント払うから、手取りは一万八〇〇だけれど。

ツアーは一週間に二回しかできない――ギルドがそういうふうに制限をかけている。会員が放射線を浴びすぎないよう用心しているのだ。

ギルドに入れれば月に八万五〇〇〇ğ以上稼げる。しかもそれはツアーだけの収入。わたしはプローブ・ラングラーの仕事もするつもりだ。プローブ・ラングラーというのは、プローブ、つまり小型宇宙機を貨物エアロックに入れて荷下ろしをするEVAマスターのこと。だからその仕事をとれれば、ナコシが検査する前に積荷にアクセスできる。そうすればそのときに密輸品を持ちだすとか、どこかに隠しておいて夜中にこっそりEVAをして回収するとか、できる。うまくいくなら、どんな方法でもいい。ポイントは、ナコシを通さなくていいというところだ。

必要なお金が貯まるまでは貧乏暮らしをつづけるから、生活費を考えても、たぶん六カ月でいけるだろう。ひょっとしたら五カ月かも。

いまの、ポーターとしての給料と密輸の副業の収入では、ほぼ永遠にかかりそう。

ちくしょう、あの試験に受かってさえいれば。

四一万六六九二gやっつけても、稼ぎつづける。そうすればすてきなところに住める。いまのきったない棺桶は月たったの八〇〇〇だけれど、立ちあがることもできない。自分のバスルームも欲しい。たいしたことじゃないと思うかもしれないけれど、たいしたことなの。真夜中、おしっこしに共同トイレまで一〇〇回くらい歩いて、そのことに気がついた。

月五万――月収で充分にまかなえる額――出せば、ビーン・バブルのコンドミニアムに住める。リビングとベッドルームとバスルームがあるすてきなところ。共同なんとかとはおさらば。クック・コーナーのあるところもいけるかもしれない。キッチンではない――キッチンがついているとばかばかしいほど高い。キッチンは火災遮蔽室内につくらなければならないからだ。でもクック・コーナーのバーナーは摂氏八〇〇度まで上げていいことになっているし、五〇〇ワットの電子レンジも使える。

わたしは首をふった。いつかは、たぶん。

つらそうな表情がカウンターの向こう端からも見えたのだろう。ビリーがやってきた。

「オイ、なにをふさぎこんでるんだ?」

「お金」わたしはいった。「いつまでたっても足りないの」

「わかるよ」彼は身をのりだしてきた。「で……前に無水エタノール配送の契約したこと、覚えてるか？」

「もちろん」人間の本能に譲歩して、可燃性なのに、アルテミスではお酒が許されている。でも、とんでもなく燃えやすい無水エタノールのところで境界線が引かれた。わたしはそれをふつうの方法で密輸入して、ビリーには利益の二〇パーセントだけ請求した。これは身内・お友だち値段だ。

彼は左右に目をやった。二人の常連客は自分たちの話に夢中になっている。ほかには誰もいない。「見したいものがあるんだ……」

彼はカウンターの下に手をつっこんで、茶色い液体が入ったボトルをとりだすと、ショットグラスに注いだ。「ほら、飲んでみな」

一メートル離れていてもアルコールの匂いがした。「なんなの？」

「ボウモアのシングルモルト・スコッチだ。一五年もの。飲んでみろ、店のおごりだ」

わたしはただのお酒を断るような人間ではない。ひと口すすった。

オエッとなって吐きだした。悪魔の燃えるケツの穴みたいな味！

「ふうん」彼がいった。「まずいか？」

わたしは咳きこんで、口をぬぐった。「これ、スコッチじゃないわよ」

彼は眉間にしわを寄せてボトルを眺めた。「ふうん。地球にいるやつに酒を煮詰めさして、そのエキスを送らしたんだ。それに水とエタノールを入れてもとどおりにした。まるっきりおなじになるはずなんだがなあ」

「いやあ、ちがうわね」わたしは嗄《しゃが》れ声でいった。

「スコッチは飲み慣れてうまくなるものだからなあ……」

「ビリー、あたし、人間の身体から出たもので、これよりおいしいやつ飲んだことあるわよ」

「変態野郎」彼はボトルをしまった。「おれはあきらめないぞ」

わたしは口直しにビールをがぶりと飲んだ。

そのときギズモがビーッビーッと鳴った。トロンドからのメッセージだった――

「今夜、ひまかな？　うちに寄ってもらえるか？」

なによ、もう。夜ビールを飲みはじめたところなのに。

「もう遅いわ。あしたじゃだめ？」

「今夜にしてもらえるとうれしい」

「ちょうどこれから夕食で……」

「夕食はあとで飲める。時間を割く価値のある話だ。約束する」

いってくれるじゃないの。

「お勘定しなくちゃならないみたい」わたしはビリーにいった。

「もう一杯いけよ！　まだ一パイントしか飲んでないじゃないか！」

「仕事なのよ」わたしは彼にギズモをわたした。

彼はそれをレジに持っていった。「一パイントか。これまでおまえさんにつけた記録のなかで最低額だな」

「そういう習慣をつけないようにするわ」

彼はわたしのギズモをレジの上でふってから、わたしに返してよこした。取引完了（ハートネルズの支払いはとっくの昔に〝確認不要〟購入ポイントとして設定してある）。わたしはギズモをポケットにすべりこませて出口に向かった。常連たちは、さよならもいわなければ、目を合わせるでもない。だから、ハートネルズはすき。

イリーナがドアを開けて、まるでわたしが彼女のボルシチにおしっこしたみたいに、いやあな顔をした。いつもどおり、用件をいわないとなかには入れてくれない。

「どうも、ジャズ・バシャラです。もう一〇〇回以上、お目にかかってますよね。トロンドに呼ばれてきたんですけど」

彼女はわたしをダイニングホールの入り口へと案内した。おいしそうな食事の匂いが漂っている。なにか肉系の料理だ。ローストビーフ？　いちばん近いウシがいるのは四〇万キロ彼方だということを考えると、めったに出会えないご馳走。

なかをのぞくと、トロンドがタンブラーグラスでお酒を飲んでいた。いつものバスローブをはおって、テーブルの向かい側の誰かとしゃべっている。誰なのかはわからない。

彼の隣には娘のレネがいて、父親が話すのをうっとりと見ている。たいていの一六歳は親をきらっているものだ。わたしが一六の頃は父親にとって頭痛の種の娘だった（最近はごくふつうのがっかりな娘）。ところがレネはトロンドが地球を空に浮かべた人、みたいな顔でうっとりと見あげている。

レネがわたしに気づいて、勢いよく手をふった。「ジャズ！　いらっしゃい！」

トロンドが手招きする。「ジャズ！　入って、入って。統治官に会ったことはあるかな？」

入っていくと――えーっ、びっくり！　統治官のグギがいる。統治官が……いる！テーブルの向こうにいる。

フィデリス・グギ。簡単にいうと、彼女がいたからアルテミスが存在しているのだ。彼女はケニアの財務大臣だったときに、ゼロから宇宙産業を立ちあげた。ケニアには宇宙産業に提供できる自然資源がひとつ——たったひとつだけ——あった。赤道だ。宇宙船は赤道から打ち上げると地球の自転をフルに活かせて燃料が節約できる。でもグギはほかにも提供できるものがあることに気づいた。政策だ。西欧諸国は民間宇宙企業を官僚的形式主義で溺れさせていた。グギはいった。「あんなの最悪。うちはちがうっていったらどうよ?」

この部分、わかりやすくいい換えています。

彼女がどうやって三四カ国の五〇企業をいいくるめてKSCの設立に何十億ドルもの資金を出させたのかは神のみぞ知るだけれど、とにかく彼女はやってのけた。しかも、新生メガ企業のためにケニア政府に特別な税優遇措置を講じさせる、法律もつくらせると確約した。

どういうこと、と思うでしょ?　一企業のために特別法をつくるなんてフェアじゃない?　それは東インド会社にいってやって。これはグローバル経済の話で、幼稚園の話じゃないんだから。

そしてまさかまさかの話。KSCがアルテミスを運営する責任者を選ぶとなったとき、かれらが選んだのは……フィデリス・グギだったのです!　こうして一件落着。彼女はい、い、い、い、どこからともなく資金を調達して、かつての第三世界の国に巨大産業をつくりあげて、月の統治者という職を手に入れた。そしてもう二〇年以上、アルテミスを運営しているのだ。

「ブァ――」わたしはすらすらといった。「シャー……」

「わかってるけど?!」レネがいった。

グギは伝統的なデュクというスカーフを頭に巻いていて、それが現代的な西欧のドレスの美しさをきわだたせている。彼女は礼儀正しく立ちあがってわたしのほうまでやってくると、「どうも、お嬢さん」と挨拶した。スワヒリ語なまりの英語があまりにもなめらかに出てきたので、即決でわたしのおばあちゃんに採用したくなってしまった。

「ジャ、ジャスミン」どもっちゃった。「ジャスミン・バシャラです」

「知ってるわよ」彼女がいった。

え?

彼女はにっこりと微笑んだ。「前に会ったことがあるのよ。あなたのお父さんに、自宅の緊急時用エア・シェルターを設置してもらったときにね、お父さん、あなたを連れてきていたの。統治官の官舎がアームストロング・バブルにあった頃の話よ」

「うわあ……ぜんぜん覚えてません」

「ずいぶん小さかったから。お父さんのいうことをよくきく、かわいい子だったわ。アマーは元気にしているの？」

わたしは二、三度まばたきした。「ああ……父さんは元気です。ありがとうございます。あまり会ってないんですけどね。父さんは店があるし、あたしも仕事があるから」

「いい方だわ、あなたのお父さんは」と彼女はいった。「正直で働き者で。街でも指折りの溶接工で。あなたたちが仲たがいしているのは、ほんとうに残念」

「ちょっと待ってください。どうして知ってるんです、あたしたちが――」

「レネ、また会えてうれしかったわ！　ずいぶんおとなになっちゃって！」

「ありがとうございます、統治官！」レネはうれしそうな笑みを浮かべた。

「トロンド、おいしいお食事、ごちそうさまでした」

「またいつでもどうぞ、統治官」トロンドが立ちあがった。バスローブ姿だなんて信じられない！　月の最重要人物と食事をするのにバスローブって！　すると彼がまるで同等の相手かなにかのようにグギに手をのばして握手した。「寄ってくれて、ありがとう！」

イリーナがやってきて、グギを案内していった。あのロシアのむっつりおばさんの顔にうっすら浮かんでいたのは、称賛の色？　イリーナにも限界はあるらしい。人は誰も、彼も憎むことはできないのだ。

「やだ、もう、びっくり」わたしはトロンドにいった。

「クールだろ?」トロンドは娘のほうを向いた。「ようし、いい子ちゃん、とっとと逃げだす時間だ。ジャズと仕事の話があるんでね」

レネは一〇代の女の子にしか出せない唸り声をあげた。「いっつも、おもしろそうになってくると、あたしを追いだすんだから」

「そう急ぐことはないさ。すぐに非情なビジネス野郎になるんだから」

「パパみたいなね」にっこり微笑むと、彼女は床に手をのばして松葉杖をとった。上腕にはめて使うタイプだ。定位置に簡単に装着して立ちあがる。両足はだらんとぶらさがっている。彼女はトロンドのほおにキスして、部屋を出ていった。足は宙に浮いたままだ。

自動車事故で彼女の母親は亡くなり、彼女には生涯消えることのない麻痺が残った。トロンドにはお金は腐るほどあったけれど、娘の歩く能力を買いもどすことはできなかった。それとも、できたといっていいのかな? 地球にいたらレネは車椅子に乗っているしかないけれど、月では松葉杖で自由に歩きまわれるのだから。

だからこそトロンドはいくつも持っている会社の大半の経営をまかせられる大物を何人か雇って、月に引っ越してきたのだ。そしてレネ・ランドヴィクはふたたび歩けるようになった。

「バイ、ジャズ！」部屋を出るところで、彼女が声をかけてくれた。

「バイ、またね」

トロンドはお酒をくるくるまわしている。「すわってくれ」

ばかでかいダイニングテーブルなので、わたしはトロンドから二つ離れた椅子に腰をおろした。「グラスの中身はなに？」

「スコッチだ。飲むか？」

「ちょっと味見くらいなら」

彼はグラスをわたしのほうへすべらせてよこした。ひと口含む。

「オオ、イエーーー……」わたしはいった。「なんぼかましだわ」

「きみがスコッチ女子とは知らなかったな」彼がいった。

「ふだんは飲んでないわよ。でも、きょう、ひどいそっくりさんを飲んだの。だからほんものはどんな味だったか、思い出しておく必要があってね」わたしはグラスを彼のほうにもどした。

「そのままいってくれ」彼はお酒を並べたサイドボードまでいってグラスに酒を注ぐと、それを持ってもどってきた。

「で、どうして統治官がここにきてたの?」とわたしはたずねた。

彼はテーブルに足をのせて椅子の背にもたれかかった。「サンチェス・アルミニウムを買いたいと思ってね。それには彼女の賛同が得られないとな。彼女に異存はなかったよ」

「どうしてアルミニウムの会社が欲しいの?」

「それは事業を拡大するのがすきだからさ」彼は大袈裟にうれしそうな顔をしてみせた。「趣味なんだ」

「にしても、アルミニウム? それって……嘘っぽくない? あそこ、会社としては苦しそうって感じだけど」

「そのとおりだ」トロンドはいった。「昔とはちがうからな。昔はアルミニウムは王様だった——バブルひとつ建てるのに、四万トンのアルミニウムが必要だったんだから。しかしいまは人口も安定期に入って、これ以上あたらしいバブルをつくる予定もない。はっきりいって、アルミニウム・モノプロペラント燃料を製造していなかったら、あそこはとっくの昔に終わってたんだ。それだって、かろうじて利益が出ている程度だがな」

「甘い汁を吸いそこねたみたいね。なのに、なんでいまさら首をつっこむの?」

「もう一度、莫大な利益を生む会社にできると思うからさ」

「どうやって？」

「それはきみの知ったこっちゃない」

わたしは両手をあげた。「チェッ。微妙な問題ってことね。いいわ、あなたはアルミニウムをつくりたい。だったらどうして自分で会社をつくらないの？」

彼はフンと鼻を鳴らした。「そう簡単にいくなら苦労はない。サンチェスと競合するのは不可能なんだ。文字どおり不可能。アルミニウムはどうやってつくるか知ってるか？」

「ほとんどなんにも知りません」そういってわたしは椅子の背にもたれた。今夜のトロンドはよくしゃべる。しゃべりたいなら、ぜんぶ吐きださせてあげるのがいちばん。それにほら、彼がしゃべっているあいだ、こっちはたっぷり飲んでいられるし。

「まず、灰長石を集める。これは簡単だ。その鉱石を拾ってくればいい。連中は自動収穫機を昼も夜も動かしている。それから鉱石を製錬する。化学物質を使ったり電気分解したりするんだが、これにはとんでもなく大量の電気が必要だ。ほんとうにとんでもない量なんだぞ。サンチェス・アルミニウムは街の反応炉の発電量の八〇パーセントを使っているんだからな」

「八〇パーセント？」これまで考えたことはなかったけれど、人口二〇〇〇人の街に二七メガワットの反応炉が二つというのは、たしかにちょっと多すぎる。

「ああ。だが興味深いのは、その支払い方法だ」

彼はポケットから石をとりだした。見た目は、べつにどうということはない——ふだん見ている月の石とおなじ灰色のぎざぎざの塊だ。彼はそれをぽんとほうってよこした。

「ほら、灰長石だ」

「はい、石ね」わたしは飛んできたのをひょいとつかんだ。「ありがと」

「そいつはアルミニウムと酸素とシリコンとカルシウムでできている。製錬は灰長石をこの四つの基本要素に分解する作業だ。連中はアルミニウムを売る——それこそが目的だ。そしてシリコンはガラス製造業者に、カルシウムは電気関係の業者にただみたいな値段で売る——おもな目的は始末することなんだ。しかし、もうひとつ、とてつもなく役に立つものがある——酸素だ」

「うん、あたしたちはそれを吸ってるのよね。知ってるわ」

「ああ、しかしサンチェスが酸素と引き換えに電力をただで使っていることは知ってたか？」

知らなかった。「ほんとに？」

「ああ。アルテミスができた頃からそういう契約になっているんだ。サンチェスは住民が吸う空気をつくる、だからアルテミスはサンチェスが必要とするだけの電力を提供する――まるっきりただで」

「電気代を払わなくていいの？　ずっと？」

「街のために酸素をつくるかぎりは、そうだ。電気は製錬でいちばん金がかかるところだから、こっちは太刀打ちしようがないんだよ。フェアじゃないよな」

「ああ、かわいそうな億万長者」わたしはいった。「嘆きの場の荒れ地を用意しておくべきだったのかもね」

「ああ、ああ、金持ちは邪悪だ、なんだかんだ、な」

わたしはグラスの酒を飲み干した。「スコッチ、ごちそうさま。ところで、あたしはなんでここにいるのかしら？」

彼は首を傾げてわたしを見た。慎重に言葉を選んでいる？　トロンドがそんなことをするなんて、見たことがない。

「EVA試験に落ちたそうだな」

わたしは唸った。「どうして街中の人がみんな知ってるの？　あたしがいないときに、みんなで集まってあたしの噂をしてるとか？」

「小さな街だからな、ジャズ。わたしはずっと地面に耳を当てているんだ」

わたしはグラスを彼のほうへすべらせた。「あたしの失敗を話の種にするのなら、もう一杯いただきたいわ」

彼はスコッチがなみなみと入った自分のグラスをわたしによこした。「きみを雇いたいんだ。給料ははずむ」

わたしはピンと背筋をのばした。「まあ、それはオーケイよ。でも、どうしてさっさといってくれないの？　こんどはなにを密輸したいの？　なにかすごいものなの？」

彼は身をのりだしてきた。「密輸じゃない。まったくちがう仕事だ。きみの快感帯にはまるかどうかすらわからない。きみはつねに正直だった──少なくともわたしにたいしては。この話はけっして他言しないと誓ってくれるかな？　この仕事を断ったとしても、なんだが」

「もちろん」ひとつ、父さんから学んだこと──約束は絶対まもる。父さんは法の内側で仕事をしてきた。わたしはちがう。でも根本方針はいっしょ。人はうさんくさいビジネスマンより、たよりになる犯罪者のほうを信じるものだ。

「わたしとアルミニウム産業とのあいだに立ちはだかるものは、その酸素・電力契約だけだ。もしサンチェスが酸素の供給をストップしたら、契約は破棄される。そうなったら、こっちの出番で、事業の引き継ぎを申し出る。おなじ取引だ――ただの酸素とただの電力」

「酸素はどうやって手に入れるの？」とわたしはたずねた。「製錬所、持ってないじゃない」

「製錬で出たものでなくてはならないという規則はない。街としては酸素が手に入りさえすれば、出所はどこでもかまわないんだ」彼は両手の指先を合わせて尖塔のかたちをつくった。「じつは四カ月前から酸素を集めて、ストックしてあるんだ。街全体に一年以上、供給できるだけの量がある」

わたしは片方の眉をきゅっとあげた。「まさか、街の空気をくすねて貯めるわけにはいかないわよね。とんでもない法律違反だもの」

彼は、そっけなく手をふった。「たのむよ。わたしはばかじゃないんだから。酸素は正々堂々、買ったものだ。サンチェスと定期配達の契約を結んでいるんでね」

「酸素の契約をサンチェスから引き継ぐためにサンチェスから酸素を買ってるってこと？」

彼は得意げな笑みを浮かべた。「連中は街が吸いきれないほどの酸素をつくってるんでね。欲しいという人間には誰にでも安く売ってくれる。わたしが大量に貯めこんでいることを誰にも悟られないように、ゆっくり、時間をかけて、ダミー会社経由で買ったんだ」

わたしはあごの先をつまんだ。「酸素は可燃性物質もいいところよね。そんなにたくさんストアする許可をどうやってとったの？」

「とっていない。アームストロング・バブルの外に貯蔵タンクをつくったんだ。アームストロングとビーンとシェパードをつなぐトンネルがつくる三角形のなかにね。おばかな観光客が近寄る恐れはないし、万が一なにかあったとしても真空中に洩れていくだけだから。生命維持のシステムにはつながっているが、外にある手動バルブで分離されている。街に被害をおよぼす危険性はない」

「ふうん」わたしはテーブルの上のグラスをくるくるとまわした。「あたしにサンチェスの酸素製造を止めさせたいってことね」

「そういうことだ」彼は椅子から立ちあがって、ボトルの並ぶサイドボードのほうへ歩いていった。こんど選んだのはラムのボトルだった。「街は早期解決を望むだろうから、契約はこっちのものだ。そうなったら自前で製錬所をつくる必要すらない。サンチェスは無料の電力なしでアルミニウムをつくるなんて、しょせん無駄なことと悟るだろうから、こっちが買いたいといえばすぐに売るさ」

彼は自分用にあたらしく一杯注いでテーブルにもどってきた。そしてテーブルのパネルを開けると、なかにはずらりとコントロールボタンが並んでいた。

部屋の照明が薄暗くなり、奥の壁にスクリーンがあらわれた。

「あなたって、世界一の大悪党かなんかなわけ？」わたしはスクリーンを手で指した。

「だって、ほら」

「気に入った？　設置したばっかりなんだ」

スクリーンに、わたしたちがいる静かの海の一部の衛星写真が映しだされた。アルテミスは太陽の光に照らされて明るく光る円が集まった小さなしみだ。

「われわれは低地にいる」トロンドがいった。「低地には橄欖石《かんらん》とチタン鉄鉱が大量にある。どちらも鉄をつくるにはもってこいだが、アルミニウムをつくるには灰長石が必要だ。灰長石は低地にはほとんどないが、高地にいけばそこらじゅうに落ちている。だからサンチェスの収穫機はここから南に三キロばかりいったモルトケ丘で稼働している」

彼はギズモのレーザーポインターをオンにして、街の南の地域を指した。

「収穫機はほぼ完全に自動化されていて、本部に連絡するのは故障したときか、つぎにどうすればいいかわからなくなったときだけだ。収穫機はサンチェスの事業に欠かせない、いちばん重要なもので、ぜんぶ一ヵ所に集まっていて、完全に無防備だ」

「オーケイ」わたしはいった。「話が見えてきたわ……」

「ああ」彼はいった。「この収穫機を壊してほしいんだ。いっきに、ぜんぶ。絶対に直せないくらい徹底的に。サンチェスが代わりを地球から取り寄せるのに、最低一ヵ月はかかる。そのあいだ、灰長石はとれない。灰長石がとれないということは、酸素がつくれないということ。酸素がつくれないということは、わたしの勝ちということだ」

わたしは腕を組んだ。「あたしとしては、ひっかかることがあるのよ、トロンド。サンチェスって社員が一〇〇人くらいいるでしょ？　その人たちの仕事を奪うのはいやなの」

「それは心配しなくていい」トロンドがいった。「わたしは会社を買いたいんだ。潰したいんじゃない。誰も仕事を奪われたりはしない」

「わかった。でも、あたし、収穫機のことなんてなにも知らないのよ」

彼の指がコントロールボタンの上でひらひら動くと、画面が収穫機の写真に切り替わった。カタログかなにかの写真らしい。「収穫機はトヨタの〝ツクルマ〟。いつでも使えるように、すでに倉庫に四台、用意してある」

ワオ。オーケイ。収穫機みたいに大きなものは、ばらばらのかたちで輸入して、こっちで組み立てたにちがいない。プラス、誰からも「トロンド、どうしておたくの会社は収穫機を組み立てているんだ？」なんて答えにくい質問をされないよう、作業はすべて秘密のうちに進められたはずだ。社員を使って長い時間をかけて準備してきたのだろう。

わたしの頭のなかで歯車がまわるのが、彼には見えていたにちがいない。「ああ、かなり前から準備していたんだ。とにかく、わたしの収穫機をすきなだけ調べてくれ。もちろん、すべて極秘事項だ」

わたしは立ちあがってスクリーンに近寄った。すごい、収穫機って野獣。「つまり、あたしがこいつらの弱点を見つけなくちゃいけないってこと？　あたしはエンジニアじゃないのよ」

「相手はなんのセキュリティ機能もない自動化された車だ。きみは賢い。なにか思いつくと信じてるよ」

「オーケイ。でも、もしあたしがつかまったらどうなるの？」

「ジャズって誰です？」彼は芝居がかった口調でいった。「デリバリーの子？　ほとんど知らないなあ。その子がなんでそんなことをしたんだろう？　見当もつきませんねえ」

「やっぱりそういうことよね」

「正直にいっているだけだ。もしつかまってもわたしを引きずりこまないと誓ってもらわないと、この取引は成立しない」

「どうしてあたしなの？　どうしてあたしにそんなことができると思うの？」

「ジャズ、わたしは実業家だ」と彼はいった。「わたしの仕事は充分に活用されていない資源を活かすこと、それがすべてなんだよ。そしてきみはまるっきり活用されていない資源なんだ」

彼は立ちあがって、また一杯注ぎにいった。「きみはなろうと思えばなんにでもなれたはずだ。溶接工にはなりたくなかった？　それはそれでいい。だったら科学者になってもよかった。エンジニアでも。政治家でも。経営者でも。なんにだってなれた。ところがきみはポーターだ」

わたしは顔をしかめた。

「きみの能力判定をしているわけじゃない」と彼はいった。「分析しているだけだ。きみはほんとうに賢い。そしてお金を欲しがっている。わたしはほんとうに賢い人間が必要で、お金を持っている。どうだい、この話に興味はあるかな？」

「うーん……」わたしは考えた。そもそもわたしにできるのだろうか？

まずはエアロックにアクセスする必要がある。街全体でエアロックはたった四カ所しかないし、エアロックを使うにはライセンスを持ったEVAギルドの会員でなければならない――コントロールパネルでギズモをチェックされるからごまかしはきかない。

エアロックからモルトケ丘までは三キロある。そこはどうするのか？　歩く？　現場に着いたらどうすればいい？　収穫機にはカメラがついていて、三六〇度ぐるりのすべてを撮影している。マシンをナビするためだ。それに映らないようにして収穫機を破壊するにはどうしたらいいのだろう？

それに、なんだかへんな匂いがする。トロンドはアルミニウム産業に参入する理由として、うだうだわけのわからないことをいってはぐらかしていたけれど、もし失敗したら、危険にさらされるのはわたしで、彼ではない。つかまったら地球に追放される。わたしはたぶん地球では立ちあがることもできない。地球で暮らすなんて無理。六歳から月の重力下にいるのだから。

だめだ。わたしは密輸業者だ。破壊工作員ではない。それに、この話全体が、なんだか匂う。

「残念だけど、やっぱりあたし向きじゃないわ」わたしはいった。「誰かほかの人を探して」

「報酬は一〇〇万スラグだ」

「取引成立」

オッス、ケルヴィン

どうしてる？　二、三日、連絡がないけど、チェス・クラブには入ったの？　中学のチェス・クラブに入るには、なにか条件があるの？　希望者を断らなくちゃならないほど、部員が多いの？　チェス盤が足りないとか？　テーブルばっかりたくさんあるとか？　オタクの人数が制限されてるとか？

学校があたしに英才クラスに入れっていうの。まただよ。父さんも完全にそっちモードだけど、どうして入らなくちゃいけないの？　あたしはたぶん溶接工になるんだもの。金属をつなぎあわせるのに微分学なんていらないし。フウ……。

そうそう、チャリスとはどうなってるの？　デートにさそった？　話しかけてみた？　なんでもいいから自分の存在をアピールしてみた？　それとも、なにがなんでも彼女をさけるっていうすばらしい計画を続行中？

ジャズ

ごめん。最近、課外活動で忙しかったんだ。チェス・クラブには入った。何ゲームかやって技能レベルを確認してもらったら、一一二四位だった。あんまりよくないけど、もっとうまくなれるように勉強中だ。実戦もしている。毎日コンピュータ相手にゲームをしているし、そろそろ人間相手でもやってみるつもりだ。

きみはどうして英才クラスに入らないの？　入ればいいのに。いい成績をあげれば、親はよろこぶ。考えてみたほうがいい。お父さんはきみを誇りに思うにきまってる。ぼくが上級クラスに入ったら、親はよろこぶと思う。でも数学はむずかしい。成績はあがってきてるけど、むずかしい。

でも解決法はある。ぼくはロケットをつくりたいんだけど、そのためには数学が絶対に必要なんだ。

チャリスにはまだ声をかけていない。チャリスはぼくみたいな男子には興味がないにきまってる。女子は、大きくて強くて、ほかの子をたたきのめすような子がすきなんだ。ぼくはぜんぜんちがう。話しかけたって、恥をかくだけだ。

ケルヴィン

おいおい。

どこから女の子の情報を仕入れているのか知らないけど、きみは〝まちがってる〟。女の子は、やさしくて、笑わせてくれるような子がすきなのよ。けんかするような子は〝すきじゃない〟し、ばかな子もすきじゃないの。信じて。あたしは女の子なんだから。

父さんにいわれて、店の仕事を手伝ってます。簡単なのは、あたしひとりでやってるの。お金がもらえるから、うれしい。でも収入があるから、お小遣いはなしになっちゃった。だからいまは、なにもしないでもらえる分よりちょっと多い程度、稼いでる感じ。これでいいのかどうか、よくわからない。

父さんは溶接工ギルドともめてます。こっちではフリーでやるか、ギルドに入るか、どっちかなの。で、ギルドはフリーの人をきらってるの。父さんはギルドそのものに反対はしないけど、溶接工ギルドは〝犯罪組織とからんでる〟といってます。たぶんサウジの組織がギルドのほとんどを握ってるんだと思う。どうしてサウジなのか？　それはあたしにはわからない。ここの溶接工はほとんどがサウジアラビア人なの。最後に溶接業界を支配したのがサウジ人だったたってことね。

とにかく、ギルドはいろんな駆け引きに協力するように圧力をかけてくる。映画みたいに脅すとかそういうんじゃなくて、噂をひろめるの。嘘つきだとか、仕事がひどいとかいう噂を流すわけ。でも父さんは昔から評判がよくて信頼されているから、悪い噂なんてはねかえしちゃう。お客さんはそんな噂、信じないの。がんばれ、父さん！

ジャズ
溶接工ギルドはひどいね。ＫＳＣには組合もギルドもない。特別行政区だから、組合の味方をするふつうの法律は適用されない。ＫＳＣはケニア政府に大きな力を持っている。ＫＳＣのための特別法がいっぱいあるんだ。でもＫＳＣはぼくたちに大きな恵みをもたらしてくれるから、特別扱いしてもいいと思う。ＫＳＣがなかったら、ぼくたちはほかのアフリカの国みたいに貧しい国になってしまうんだから。きみは地球に引っ越そうと思ったことはないの？　絶対に科学者かエンジニアになって大金が稼げると思うよ。きみはサウジアラビア国民なんだろ？　サウジアラビアには大企業がたくさんある。頭がよければ仕事はいくらでもあるよ。

ケルヴィン
だめ。地球に住む気はないの。あたしは月の子。それに、医学的にすごくたいへんなことになると思う。あたしは人生の半分以上、ここにいるから、身体がそっちの六分の一の重力に慣れてしまっているの。地球にいくとしたら、その前に筋肉と骨の発達をうながす薬を飲んだり、運動したりしなくちゃならない。そのあと毎日、遠心機のなかで何時間もすごして……フウ。遠慮しときます。

チャリスに話しかけなさいよ、この臆病者。

3

わたしはオルドリン・ダウン7の広い通路を抜き足差し足で歩いていた。ほんとうはこそこそする必要なんかぜんぜんない——こんなとんでもない時間、あたりには人っ子ひとりいないのだから。

午前五時という時間は、わたしにとってはほとんど理論的概念でしかない。存在しているのは知っているけれど、ほとんど見たことがないし、見たいとも思わない。でも、けさはちがう。トロンドが、とにかく秘密に、とうるさいので、ふつうの仕事時間の前に会わなくてはならないのだ。

二〇メートルごとに大きな開き戸がある。ここの区画割はひとつひとつが大きい。どの会社も金をたっぷり持っているというあかしだ。トロンドの会社の事業所にはただ、〝LD7-4030——ランドヴィク工業〟とだけ書いてある。

ノックすると、すぐにドアがスライドして少しだけ開いた。トロンドが顔を突きだして通路をきょろきょろ確認する。

「あとをつけられたのか？」

「もちろん」わたしはいった。「まっすぐここまで連れてきたわよ。あたしはあんまり頭がよくないってばれちゃったわね」

「こざかしいやつめ」

「大ばか者め」

「入れ、入れ」彼が手招きする。

わたしがすべりこむと、彼はすぐにドアを閉めた。これが隠密行動とかそういうことだと彼が考えているのかどうか、わたしにはわからない。でも、ほら、一〇〇万スラグ払うっていうんだから。彼がお望みなら００７ごっこだってやります。

事業所は、実際はガレージだった。それも巨大なガレージ。マジで、この空間を手に入れるためならなんでもする。隅っこに小さな家を建てて、それからどうしよう、あとはぜんぶフェイクの芝生にするとか？　四台の、まったくおなじ収穫機がそれぞれの区画におさまって、空間を埋めている。

わたしはいちばん近くの収穫機に近寄って、そいつを見あげた。「ワオ」

「ああ」トロンドがいった。「近くで見あげてみないと、ほんとうの大きさはわからないよな」

「どうやって誰にも知られずに街に持ちこんだの？」

「簡単じゃなかったさ」とトロンドはいった。「ばらばらに分解した状態で輸入した。知っているのは、ほんとうに信頼できる人間だけだ。なにがあっても口を閉じていられるメカニックを七人、あちこちから集めた」

わたしは巨大な室内をじろじろ見まわした。「ほかに誰かいたりするの？」

「もちろんいないさ。きみを雇ったことは誰にも知られたくないからな」

「傷つくなあ」

収穫機は高さ四メートル、幅五メートル、長さは一〇メートル。日射で熱くなるのを最小限に抑えるために、外殻には反射素材がコーティングされている。野獣の六本のタイヤはそれぞれ直径一・五メートル。マシン本体のかたちは巨大なボウル。前方に強力な液圧を使った装置、後方には蝶番《ちょうつがい》があって、ボウルを傾けて中身を落とす仕掛けになっている。

収穫機の前面には連動する関節でつながったショベルがついている。もちろん、人が乗る部分はない。収穫機は完全に自動化されている——でも、必要なら遠隔操縦することもできる。ふつうなら運転席があるところには密閉された金属の箱があって、トヨタのロゴが入っている。スタイリッシュなフォントで〝ツクルマ〟という車名も書いてある。

　まわりにあるキャスターつきのツール・ボックスやメインテナンス用品は、作業員たちが最後のシフトを終えて帰るときに置いていったものだろう。

「オーケイ」全体を眺めながら、わたしはいった。「けっこうたいへんそうね」

「なにが問題なんだ？」トロンドはタイヤに歩み寄って、よりかかった。「たんなるロボットだぞ――防御システムもなにもない。唯一搭載されているＡＩは経路を割りだすためのものだ。でかいアセチレンボンベがひとつあれば、なんとかなると思うけどな」

「これは戦車なのよ、トロンド。始末するのは簡単じゃないわ」わたしは収穫機のまわりを少し歩いて、車台をじっくりと観察した。「それにカメラがそこらじゅうについてる」

「そりゃそうさ」とトロンドはいった。「ナビするのに必要だからな」

「映像は制御室へ送られる」わたしはいった。「映像が途切れたら、制御室ではなにが起きたのか録画で確認する。そうしたら、あたしの姿を見られちゃう」

「だったら、ＥＶＡスーツの識別マークとか名前とかを隠しておけばいい。なんの問題もない」

「ううん、問題はあるわ。向こうはEVAマスターにどうなってるんだって問い合わせる。そうしたらEVAマスターたちが出てきて、あたしをつかまえる。あたしが誰だかわからなくたって、なかへひっぱっていかれてヘルメットをはずされたら、〝やったー〟な瞬間が訪れるんだから」

彼は収穫機をぐるっとまわって、わたしのところまでやってきた。「なるほどな」

わたしは指で髪をすいた。その日は、朝、シャワーを浴びていなかった。まるで油の塊、それももっと汚い油に漬けこんであった油の塊みたいな気分だった。「時間差で効果が出るようなものを考えないとだめだわ。あたしがなかにもどったあとで、ガツンといくようなものでないと」

「めちゃめちゃに壊さないとだめだってことも忘れるなよ。直せる程度のやつが残っていたら、サンチェスの修理班は何日かで直して稼働させてしまうからな」

「うん、わかってる」わたしはあごの先をつまんだ。「バッテリーはどこにあるの？」

「まえのコンパートメントのなかだ。トヨタのロゴがついた箱がのっているところ」

まえのコンパートメントのそばにメイン・ブレーカー・ボックスがあった。なかには電子機器を電圧、電流の急増やショートからまもるためのメイン・ブレーカーが入っている。なんの役にも立たない。

わたしはそばにあるツール・キャビネットによりかかった。「いっぱいになったら、製錬所に運ぶの？」

「ああ」彼はレンチをとって宙に投げあげた。レンチは天井に向かってどんどん上昇していく。

「それから……どうするの？　石をおろしてモルトケにもどるの？」

「充電してからな」

わたしはボウルのなめらかでぴかぴかの金属面に手をすべらせた。「バッテリーの容量は？」

「二・四メガワット時」

「ワオ！」わたしは思わず彼のほうをふりむいた。「それだけ電気があったら、アーク溶接ができちゃう」

彼は肩をすくめた。「一〇〇トンの石をほうり投げるにはエネルギーが必要だからな」

わたしは這うようにして収穫機の下に入りこんだ。「排熱はどうしてるの？　蠟みたいな状態変化素材を使ってるとか？」

「見当もつかない」

真空中では熱をどう取り除くかが問題になる。熱を運び去ってくれる空気がないからだ。電気を使えば、エネルギーは最後の一ジュールまですべて最終的には熱になる。電気抵抗から出るものだったり、動く部品の摩擦熱だったり、最初にエネルギーを解放するバッテリーの化学反応だったり。でもとにかく最後にはぜんぶ熱になる。

アルテミスには複雑な冷却システムがあって、反応炉施設のそばに設置された排熱パネルに熱を運びだしている。排熱パネルは日陰にあって、エネルギーを赤外線のかたちでゆっくりと放出している。でも収穫機は自分で処理しなくてはならない。

少し調べたら、探しているものが見つかった。排熱システム・バルブ。どういうタイプかすぐにわかった——父さんといっしょに仕事をしていた頃に探査車《ローバー》の修理で何度もとりつけたことがある。

「やっぱり。蠟だわ」

トロンドの足が近づいてくるのが見えた。「どういうことだ？」

「バッテリーとモーターを収めたケースが、固まった蠟の入った貯蔵容器に入れてあるの。蠟を溶かすには大量のエネルギーが必要だから、熱はそっちへ移る。蠟は冷却パイプに囲まれていて、収穫機が充電しにもどったときにそのパイプに冷たい水を注入して蠟をまた冷やして、温まった水をとりだす。その水は収穫機が仕事場にもどっているあいだに、ゆっくり冷やしておけばいいってわけ」

「つまり収穫機を過熱状態にできるってことだな？」と彼がたずねた。「その手でいくつもりなのか？」

「そう簡単にはいかないわ。過熱を防ぐための安全装置があるから、収穫機は過熱状態になったら停止して冷えるのを待つだけ。サンチェスのメカニックがすぐに直しちゃう。それより、ほかの手があるのよ」

わたしは収穫機の下から這いだして立ちあがり、背中をのばした。それから収穫機の側面をよじのぼってボウルのなかに飛びおりた。「カメラでこのなかも見られるの？」

「どうして？」彼がたずねた。「そうか！　収穫機に乗ってモルトケ丘までいく気なんだな！」

声がこだまする。

「トロンド、カメラでこのなかも見られるの？」

「いや。カメラはナビ用だ。ぜんぶ外側を向いている。なあ、どうやって街から出るんだ？　きみはエアロック特権を持っていないんだから」

「それは心配しないで」わたしはボウルから出て四メートル下の床に飛びおりた。椅子を引き寄せ、くるっとまわしてまたがる。てのひらにあごをのせて、わたしはあれこれ考えをめぐらせた。

トロンドがにじり寄ってきた。「それで？」

「考え中」

「そういうすわり方をしていると、すごくセクシーに見えるって、女は知ってるのかなあ？」

「もちろん」

「だと思ったよ！」

「集中したいんですけど」

「悪い、悪い」

わたしは数分間、収穫機をじっと見つめていた。トロンドはなんの目的もなくうろうろ歩きまわったり、ツールをいじったり。企業家としては天才だけど、忍耐力は一〇歳並み。

「オーケイ」ついに、わたしはいった。「いい考えが浮かんだわ」

「おお？」トロンドはソケットドライバーをほうりだして、あわてて駆け寄ってきた。

「話してくれ」

わたしは首をふった。「細かいことは気にしないで」

「細かいことがすきなんだ」

「レディには秘密がなくちゃ」わたしは立ちあがった。「でも収穫機は完全に破壊するから」

「それはすばらしい！」

「ようし」わたしはいった。「もう帰るわ。シャワーを浴びなくちゃ」

「ああ」トロンドがいった。「たしかにそうだな」


棺桶にもどると、酔っぱらったプロムのパートナーより速く服を脱ぎ捨てた。バスローブをはおってシャワーへ直行。二〇〇ğ余分に払って、バスタブでお湯につかった。気持ちがよかった。

昼間はいつもどおり配送の仕事をしてすごした。重大な犯罪を実行に移す直前に、妙に鋭いどこかのアホにルーティンを破っていることを気づかれたりしてはまずい。いつもどおりの一日にしなくては。お気楽に口笛を吹いている姿を見せることはない。けっきょく午後四時頃まで働いた。

家に帰って横になり（横になるしかないんだけど）リサーチ開始。地球人がうらやましいと思うことが、ひとつある——インターネットがすごく速いことだ。アルテミスにはローカル・ネットワークがあって、スラグのやりとりやメールには便利だけれど、ウェブ検索するとなったらサーバーはぜんぶ地球にある。つまり、なにかするたびに最低四秒は待たなくてはならないのだ。光の速度がもうちょっと速かったらいいのに。

　やたらとお茶を飲んだので、二〇分ごとに共同トイレへ走らなくてはならなかった。何時間かリサーチをつづけて、わたしはひとつの結論に達した――ほんとうに自分専用のバスルームが欲しい。

　でも最後には、ある計画ができあがった。そして、いい計画はぜんぶそうなのだけれど、この計画もクレイジーなウクライナ人の男がいないと成立しないのだった。


　トリガーで欧州宇宙機関《ESA》リサーチセンターに乗りつけて、狭い通路に駐車した。アルテミスの賃貸物件に最初に入居したのは世界中の宇宙機関だった。昔はアームストロングのグラウンド階が街でいちばんいい場所だった。そのあと四つのバブルが出現したけれど、宇宙機関はアームストロングに残った。当時は最先端だったデザインもいまでは二〇年、時代遅れだ。

　トリガーから飛びおりてラボに入る。入ってすぐの部屋は不動産がもっとずっと希少だった時代のなごりだ。四本の通路が変な角度でのびていて、ほかのドアが開いていると開けられないドアがあったりする。人間工学を考えない失敗作になってしまったのは、一七カ国の政府が共同でひとつの研究所を設計したからだ。わたしはまんなかのドアを通って通路の端近くまで進み、マイクロエレクトロニクスのラボに入った。

マーティン・スヴォボダは顕微鏡をのぞきながらコーヒーに手をのばしていた。彼の手が劇薬指定の酸が入ったビーカーを三つ通りこしてマグカップをつかんだ。ひと口すする。誓ってもいい。あのバカ、いつか死ぬ。

彼はESAの微小電子部品製造法の研究員として四年前にアルテミスに赴任してきた。月にはその分野の研究に有利な条件がいくつかそろっているのだ。ESAのラボにきたがる人間は山ほどいるから、彼は優秀なのだと思う。

「スヴォボダ」わたしは声をかけた。

反応なし。わたしが入ってきたのにも気がついていないし、声をかけてもきこえない。そういうやつなのだ。

頭のうしろをピシャッと叩くと、ビクッとして顕微鏡から離れた。そして大すきなおばさんに会った子どもみたいに、にっこり微笑んだ。「うわあ！　ハイ、ジャズ！　どしたんだい？」

わたしは彼の向かい側の回転椅子に腰をおろした。「マッド・サイエンスが必要なの」

「よっしゃ！」彼は椅子をくるっとまわして、わたしと向き合った。「なにをおもとめでしょうか？」

「電子機器が欲しいの」わたしはポケットから概略図をとりだして彼にわたした。「これ。でなかったら、これっぽいもの」

「紙？」彼は尿のサンプルみたいに概略図をかかげた。「紙に書いたのか？」

「製図アプリの使い方、わからないんだもん」わたしはいった。「とにかく――どう思う？」

彼は紙をひろげて、わたしがなぐり書きした図をしかめっ面で眺めていた。スヴォボダはアルテミス一の電気工学技師だ。こんなもの、簡単にできるにきまっている。

彼がスケッチを横にした。「これ、左手で書いたとか？」

「あたしはアーティストじゃないのよ、わかってる？」

彼はあごの先をつまんだ。「アートとしてのクオリティはべつとして、エレガントな設計だ。どこかからコピーしたのかい？」

「ううん、どうして？　どこかへん？」

彼はきゅっと眉をあげた。「こいつは……こいつはすごくよくできてる」

「ほんとに？」

「こんなに才能があるやつとは思わなかったよ」

わたしは肩をすくめた。「ネットで電子工学入門みたいのを見つけて、それをヒントに考えてみたの」

「自習したってこと？」彼は概略図に視線をもどした。「どれくらいかかった？」

「午後、何時間かって感じかな」

「それだけでここまでやっちゃったのか?! きみは大科学者になれる――」

「ストップ」わたしは片手をあげた。「そういうのはいいから。つくれるの、つくれないの？」

「大丈夫、大丈夫」彼はいった。「いついるんだ？」

「早ければ早いほどいいわ」

彼は概略図をテーブルにほうりだした。「あさって用意しておく」

「すてき」わたしは回転椅子からピョンと飛びおりて、さっとギズモを出した。「いくら？」

躊躇している――交渉中に躊躇するのは悪いサインにきまっている。

彼にはずっと前からお小遣い稼ぎみたいな仕事をしてもらっている。たいていは密輸入した電子機器から著作権侵害防止チップをはずす作業だ。いつもはフリーランスの仕事として二〇〇〇ǧ請求される。どうして今回はちがうのだろう？

「二〇〇〇スラグ？」こっちからきいてみた。

「うーん。物々交換でもいいかな？」

「もちろん」わたしはギズモをしまった。「なにか密輸したいの？」

「ちがう」

「あ、そう」なによ、あたしは密輸業者なのよ！　どうしてみんなほかのことばかり要求するの？

彼は立ちあがると、身ぶりでついてこいと合図した。彼といっしょにラボの奥の片隅に移動する。彼が非正規の仕事をする場所だ。ヨーロッパの納税者が器具類を買ってくれるんだもの。自分で買う必要はない。

「見よ！」彼は手でテーブルを指した。

まんなかに置かれているのは、あまりぱっとしない見た目のものだった。なかになにか入った小さい透明プラスチックの箱だ。わたしはまじまじと観察した。「これってコンドーム？」

「そのとおり！」彼は誇らしげにいった。「いちばんあたらしい発明品だ」

「中国人はあなたより七〇〇年早く発明してるわよ」

「これはありきたりのコンドームじゃないんだ！」彼は魔法瓶サイズのシリンダーをわたしのほうにすべらせてよこした。コードと蝶番式のふたがついている。「これとセットなんだ」

ふたを開けると、内側にはびっしりと小さな穴があいていて、先が丸みをおびた金属製のシリンダーが底からのびている。「うん。なるほど……」

「ワンセット三〇〇〇スラグで売れれば利益が出る」

「コンドームなんて、たったの五〇スラグで売ってるわよ。こんなの誰が買うっていうの？」

彼はにやりと笑った。「再利用できるんだ！」

わたしは思わずまばたきした。「ふざけてるの？」

「ふざけてない！　薄いけど耐久性のある素材でできているんだ。何百回でも使える」

彼は先が丸くなった金属部分を指差した。「使ったら、裏返してこのシリンダーにはめて――」

「オエッ」

「クリーナーのスイッチを入れる。液体洗浄過程があって、そのあと一〇分間、高温でからからにする。それから殺菌して、また使えるようになる――」

「うわあ、ちょっと、やめてよ」

「最初にすすいだほうがいいかもしれないけど――」

「ストップ！」わたしはいった。「そんなもの誰が欲しがるっていうの？」

「しかし長い目で見れば節約になるし、ふつうのコンドームより破れにくいんだぞ」

わたしは最高に疑わしい眼差しで彼をにらんでやった。

「計算してみろよ」彼はいった。「ふつうのコンドームのほうがずっとコストがかかるんだから。ここでは誰もコンドームをつくっていないんだぞ――ラテックスをつくる原料がないからな。しかしぼくの製品は最低二〇〇回はもつ。一万スラグに相当するんだぞ」

「はあ……」わたしのお株を奪われた感じ。「オーケイ。それほどクレイジーな話じゃないのかもしれないわね。でも、いま投資できるお金はないから……」

「ああ、いや、投資家を探しているわけじゃないんだ。テストしてくれる人間が欲しいんだよ」

「あたしにそのテストができるものがついてると思ってるの？」

彼はくるりと目をまわした。「女性がどう感じるか、知りたいんだよ」

「あなたとセックスするつもりはないわよ」

「ちがう、ちがう！」あせっている。「つぎに誰かとセックスするときに使ってみて欲しいんだよ。それで行為にどんな影響があったか教えてくれればいい」

「自分で女の子とやって、その子にきけばいいじゃない」

彼は自分の靴に目を落とした。「ガールフレンドいないし、女は苦手だし」

「オルドリンには遊べるところが山ほどあるじゃない！　ぴんからきりまで、選び放題よ」

「それはだめ」彼は腕を組んだ。「楽しみでセックスする女性のデータが欲しいんだ。経験豊富でないとだめなんだが、きみはまさに――」

「言葉に気をつけなさいよ……」

「それに、近々セックスしそうな人でないとだめだし、そうなるとやっぱり――」

「つぎの言葉選びは慎重にね」

彼は口をつぐんだ。「とにかくだ。ぼくがなにをもとめているかは、わかっただろ？」

わたしはうーんと唸った。「ふつうに二〇〇〇スラグ払うんじゃだめなの？」

「金はいらない。テストしたいんだ」

わたしはコンドームをにらみつけた。見た目はすごくふつうだ。「ちゃんと使えるのね？　破れたりしないでしょうね」

「ああ、絶対、大丈夫。いろいろテストしたから。のばしたり、圧をかけたり、こすったり、ぜんぶやった」

ぞっとしない考えが頭に浮かんだ。「待って。これ、使ったの？」

「いや。でも使っていたとしても問題はない。洗浄過程でちゃんと無菌状態になってるから」

「冗談も休み――」わたしはあとの言葉を飲みこんで息を吸いこんだ。そして極力冷静にいった。「問題はあるわよ、スヴォボダ。生物学的にはいいかもしれないけど、心理学的にはアウト」

彼は肩をすくめた。

わたしは少し考えてから、いった。「オーケイ、取引成立。でも、いま走って外へ出て、即、ベッドインてわけにはいかないわよ」

「もちろん、もちろん」彼はいった。「そうだな……つぎに自然とそういうことになったときってことで、どうだい？」

「うん、了解」

「やったあ！」彼はコンドームの箱と洗浄キットをとりあげて、わたしに差しだした。

「なにかききたいことがあったら連絡してくれ」

わたしはおずおずとそれを受け取った。最高に輝かしい瞬間とはいえないけれど、論理的にいってなにもまちがったことをしているわけではない。製品テストをするだけ、でしょ？　べつにおかしなことじゃない、でしょ？

そうよね？

わたしはすたすたと帰りかけたところで、ふと足を止めて彼のほうをふりかえった。

「ねえ……ZAFOってきいたことある？」

「いや。知っててあたりまえのこと？」

「ううん、気にしないで。あさっての午後、デバイスを受け取りにくるね」

「あさって、休みなんだ。公園で会わないか？　午後の三時とか、どうだい？」

「大丈夫よ」わたしはいった。

「あれをなにに使うのか、きいてもいいかな？」

「だめっ」

「オーケイ。じゃあ、あさって」

コンラッド・ダウン6

わたしは沈みがちな気持ちを無視しながら、見慣れた通路をトリガーで進んでいった。どの曲がりくねった通路も、どの店も、どの壁のどの傷も、みんな知っている。目をつぶっていたって、返ってくるこだまとあたりの騒音とで、自分がどこにいるのか当てられるほどだ。

わたしは職人通りに入る角をまわった。ここで商売しているのは街いちばんの熟練工ばかりだけれど、ネオンもなければ看板もない。お客を呼びこむ必要がないのだ。お客は評判をきいて向こうからやってくる。

わたしはCD6-3028のまえでトリガーを停めた。おりて、ドアのまえで躊躇する。一瞬、臆病な自分が顔を出してドアに背中を向け、もういちど覚悟をきめてふりむき、ブザーを押す。

風雨に耐えてきた風貌の男が戸口に出てきた。手入れのいきとどいたあごひげ。白いタキーヤ（水泳帽みたいな帽子）。彼は黙ってわたしを見つめ、ひと呼吸おいてから、いった。「ふん」

「こんばんは、父さん」わたしはアラビア語でいった。

「なにか困り事か？」

「いいえ」

「金がいるのか？」

「ちがうわ、父さん。あたしはもう自立してるのよ」

父さんは眉間にしわを寄せた。「じゃあどうしてきたんだ？」

「娘が父親のところに挨拶のためだけに寄っちゃいけないの？」

「嘘をつくんじゃない」父さんは英語でいった。「なにが欲しいんだ？」

「溶接道具を借りたいの」

「おもしろいことをいうな」父さんはドアを開け放したままで店のなかに入っていった。いまのわたしには、これ以上の歓迎の言葉は望めない。

何年たっても、ほとんど変わっていない。耐火構造の作業場は暑くて狭い。どこもそうだ。父さんは道具類をきちんと整理して壁に吊るしている。部屋の片隅を作業台が占領し、その隣には溶接マスクがいくつも並んでいる。

「入りなさい」父さんがいった。わたしはあとについて奥のドアを抜け、住まいに入った。こぢんまりしたリビングも、わたしのクソ狭い穴倉にくらべたら宮殿のようだ。

父さんのところは壁沿いに棺桶ベッドが二つ並んだつくりになっている。典型的な下流アルテミス人の家だ。棺桶ベッドは寝室にはおよばないけれど、プライバシーはまもれる。そこが大事。わたしはこの家で育った。あのベッドで……いろんなことをした。

ここには、ほんものの火を使うレンジがついたクック・コーナーがある。耐火構造の家に住む数少ないメリットのひとつだ。電子レンジよりずっといい。ほんもののレンジというと料理がおいしいと思うかもしれないけれど、それはまちがい。父さんはベストを尽くしてくれたけれど、ガンクはガンク。どう頑張っても、しょせんは藻。

でも、ひとつ大きく変わったことがあった。奥の壁に床から天井まで幅一メートルの金属板がとりつけてあるのだ。といっても垂直にはほど遠い。二、三〇度、傾いている。

わたしはその金属板を指差した。「あれ、なに？」

父さんはそっちに目をやった。「ちょっと前に思いついたんだ」

「なにに使うの？」

「考えてみろ」

ううっ。生まれてからずっと、これをいわれるたびに一スラグもらえてたら……。父さんは絶対にすぐに答えてはくれない——なにもかもが学習体験でなくてはならないのだ。

腕組みしてわたしを見ている。こういうちょっとしたクイズを出したときの、いつものポーズ。

わたしは壁のところまでいって金属板に触った。当然、すごく頑丈にとりつけてある。父さんは絶対に半端なことはしない。「二ミリ厚のアルミ板？」

「正解」

「てことは横方向の力を扱う必要はないわけね……」板と壁とが接している部分に指を走らせると、二〇センチごとに小さいくぼみがあった。「スポット溶接？ 父さんらしくないなあ」

父さんは肩をすくめた。「ばかげてるかもしれないな。まだ認めるつもりはないんだが」

板のいちばん上にフックが二つ、ついている。天井から何センチかのところだ。「あそこになにか吊るすのね」

「正解。しかしなんだと思う？」

わたしは板の上から下へ視線を走らせた。「この妙な角度が鍵ね……分度器を借りてもいい？」

「手間をはぶいてやろう。垂直から二二・九度、傾いている」

「はあ……アルテミスの経度は二二・九度……ああ。オーケイ、わかったわ」わたしは父さんのほうを向いた。「礼拝用ね」

「正解」父さんはいった。「礼拝の壁、と命名した」

月はつねにおなじ面を地球に向けている。だから、わたしたちは軌道をまわっているけれど、わたしたちの視点から見れば、地球は動かない。それはまあ、厳密にいえば月の秤動《ひょうどう》のせいで少しぐらぐらしたりはするけれど、そのことで小さな頭を悩ませなくてもいい。肝心なのは——地球は空に固定されているということ。一カ所で回転していて、満ち欠けはするけれど、位置は変わらない。

このアルミ板の斜面は地球のほうを向いているから、父さんは礼拝のあいだ、メッカの方向を向いていられるというわけ。ここのイスラム教徒は、たいてい西を向いてお祈りをする——父さんもずっとそうしてきた。

「どういうふうに使うの？」とわたしはたずねた。「なにか特殊な固定ベルトを使うとか？　だって——垂直に近いから」

「なにをいってるんだ」父さんは礼拝の壁に両手をついて、そのままもたれかかった。「こうするのさ。単純明快。これなら月面で西を向くより、キブラ（イスラム教徒が礼拝のときに向く方向）がちゃんとまもれる」

「ばかげてると思うなあ。オーストラリアのイスラム教徒が地面に穴を掘って下を向いて礼拝するのとはちがうわ。モハメッドが感心すると思ってるの？」

「おい」厳しい口調だった。「イスラム教を信奉する気がないのなら、預言者のことを口にするんじゃない」

「わかりました、わかりました」わたしはいって、フックを指差した。「あれはなんのためにあるの？」

「考えろ」

「ううっ！」そういいながらも、わたしはしぶしぶ答えた。「礼拝用敷物を固定するため？」

「正解」父さんはクック・コーナーのそばのテーブルに移動して、椅子に腰をおろした。「いつも使っている礼拝用敷物には穴をあけたくないから、地球からもう一枚取り寄せることにした。二、三週間で届くはずだ」

わたしも椅子にすわった。ここにきて以来、数えきれないほどの回数、食事をとってきた場所だ。「積荷目録の番号わかる？　ここで早めに受け取れるようにできるわよ——」

「いや、いい」

「父さん、コネを利用するのは、べつに違法なことじゃないんだし——」

「いや、いい」と父さんはいった。さっきより少し大きな声だった。「その話でやりあうのは、やめにしておこう」

わたしは歯を食いしばって、おとなしく引っこんだ。話題を変えるいいタイミングだ。

「ちょっとへんなことときくけど――〝ZAFO〟ってきいたことある？」

父さんは片眉をあげた。「古代ギリシャのレズビアンのことじゃなかったかな？」

「ううん、それはサッフォー」

「ああ。じゃあ知らないな。何なんだ？」

「ぜんぜんわからないのよ」わたしはいった。「通りすがりにちらっと見かけて、なんだろうと思って」

「おまえはいつでも好奇心まるだしだ。そして答えを見つけるのも得意だ。たまにはその才能を有意義なことに使ってもいいかもしれないな」

「父さん」声に警告の色をにじませて、わたしはいった。

「よし」父さんは腕組みした。「溶接道具がいるんだな？」

「そうなの」

「この前、わたしの道具を使ったときには、うまくいかなかったな」

身体がこわばった。視線をそらすまいと頑張ったけれどだめだった。わたしは床に目を落とした。

父さんは口調をやわらげて、いった。「悪かった。余計なことをいったな」

「ううん、そんなことない」

居心地の悪い沈黙がおりた――わたしたちはこの技術を長い時間をかけてマスターしてきた。

「ええと……」ぎごちなく父さんが口を開いた。「それで……なにが必要なんだ？」

わたしは雑念をふり払った。罪の意識に苛まれているヒマはない。「ブローランプとアセチレンボンベ二本、O_2ボンベ一本、それとマスク」

「ネオンは？」父さんがたずねた。

どきりとした。「ああ、そうね。もちろんネオンも」

「さびついてきてるな」

ネオンは必要なかった。でもそれをいうわけにはいかなかった。

アルミニウムを溶接するときは、表面の酸化を防ぐために不活性ガスを吹きかけながらやる必要がある。地球ではアルゴンを使う。いくらでもあるからだ。でも月には希ガスはないから地球から取り寄せなければならない。ネオンの重さはアルゴンの半分。だからここではネオンを使う。でもわたしには関係ない。真空中での仕事なのだから。金属を酸化させる酸素はないのだから。でも、それを知られてはまずい。それにわたしが切断するのは鉄だ。アルミニウムではない。でもそれも父さんにいうわけにはいかない。

「それで、なにをするんだ？」

「友だちのところにエア・シェルターを設置するの」

父さんには数えきれないほど嘘をついてきた。とくに一〇代の頃は。でもそのたびに——しつこいくらいそのたびに——胃がねじれる。

「その友だちはどうして溶接工にたのまないんだ？」

「たのんだわよ。あたしに」

「ほお、じゃあおまえはいまは溶接工なのか？」父さんは大袈裟に目を丸くした。「なりたくないと何年もいいつづけていたのに？」

わたしはため息をついた。「父さん、友だちがベッドルームにエア・シェルターが欲しいといってるの。それだけよ。ただ同然でやってあげるだけ」一般家庭でもエア・シェルターを設置する人は多い。最近移住してきた人たちは、とくにそうだ。あたらしくきた人たちは〝外は死の真空〟みたいなことを病的に気にする傾向がある。これは理性的な判断ではない——アルテミスの外殻の安全性はきわめて高い——が、恐怖は論理的なものではない。実際には、個人用エア・シェルターはすぐにクローゼットに変身する。

「どこが法律にひっかかるんだ？」父さんがいった。

わたしは傷ついたという顔をしてやった。「どうしてそういうふうに――」

「どこが法律にひっかかるんだ?」と父さんはくりかえした。

「彼女のアパートはアームストロング・アップの内側の外殻に接してるの。だからシェルターを外殻に直接、溶接しなくちゃならないのよ。外殻に溶接する場合はいろいろと特別な検査を受けなくちゃならない規則になっているんだけど、彼女、お金がなくて」

「ふむ。的外れな役所仕事だな。まるっきりの素人がやったところで、六センチ厚のアルミはびくともしないのに」

「でしょ?!」

父さんは腕組みして眉間にしわを寄せた。「でくのぼうの当局が商売のじゃまをしてるってわけか……」

「お説教してやって」

「わかった。欲しいものを持っていけ。ただしアセチレンとネオンは補充しておけよ」

「わかった、もちろんよ」わたしはいった。

「大丈夫か? なんだか顔色が悪いぞ」

吐きそうだった。父さんに嘘をつくと一〇代の頃にもどってしまう。そして、はっきりいっておくけれど、わたしは一〇代のジャズ・バシャラが大きらいだ。あのおばかな子は、一〇代のおばかな子がやりそうなおばかな決断をさんざんくりかえしていた。いまがこんななのは、あの子の責任だ。
「大丈夫。ちょっと疲れてるだけ」

親愛なるジャズ
誕生日に〈ルーサ〉のでかいポスターをもらった。すごい船だ！　これまでつくられたなかで最大のスペースライナー！　最大二〇〇人、乗れる！　〈ルーサ〉のことはなんでも知りたくて勉強中。ちょっととりつかれてる感じだけど、べつにいいよね？　おもしろいんだから。
この船は驚異だ！　完全な求心重力があって、その重力が働く範囲も誰もめまいを起こさなくてすむくらい広い。おまけに月の重力に適応しやすくする工夫までされている！　月までの七日間の旅のあいだ、少しずつ回転速度を落としていくんだ。だから乗客デッキの重力は乗船したときは一Gだけど、月に着く頃には六分の一Gになっている。帰りは反対のことをして、また一Gに適応できるようにする。クールだろ？

でも〝アップホフ＝クラウチ・サイクル軌道〟はまだ理解できない。地球と月を往復する弾道軌道だということはわかってるけど、すごくふしぎなんだ。なんというか……地球を出発して、七日後に月に到着して、それから地球＝月平面から飛びだして一四日後に月にもどる……そのどこかで、地球をまわる楕円軌道に二週間、乗っている……わけがわからない。わかろうとも思わない。大事なのは、すばらしい船だってことだ。

いつか、金持ちのロケット設計者になったらアルテミスにいくから、お茶しよう。

ああ、きみがお父さんといっしょにアルテミスに移住したときは〈ルーサ〉でいったの？

親愛なるケルヴィン
ううん、あたしたちが移住してきたときは、まだ〈ルーサ〉はできてなかったわ。ここへは〈コリンズ〉できたの。その頃はスペースライナーはそれしかなかったから。一〇年前（あたしはまだ六歳）だから、こまかいところまでは覚えてないけど、人工重力がなかったのは覚えてる。船のなかはどこへいってもゼロGだった。そこらじゅう跳ねまわって、ものすごく楽しかった！

軌道の話、おもしろそうだから調べてみたら、けっこうわかりやすかった。船は各段階が七日間かかるサイクルで動いてるの――地球↓月↓（地球＝月平面からはずれた深宇宙）↓月↓地球↓（地球＝月平面からはずれた深宇宙）↓地球。これを何度もくりかえしてるの。月がじっとしていればふつうに往復すればいいけど、月は地球のまわりを一カ月で一周しているから、やたら複雑な軌道になるわけ。軌道計算のしかたも調べて、方程式の数字もたしかめてみたけど、すごくシンプル。暗算でいけちゃうわよ。

親愛なるジャズ
きみは暗算でいけるんだろうな。きみみたいに頭がよくなれるなら、なんだってするよ。でも無理。それはいいんだ。頭がよくない分、ぼくは働き者で、きみはどうしようもない怠け者だからね。

親愛なるケルヴィン
怠け者ってどういうことよ！　その気になれば、ビシバシいいかえしてやれるけど、まあいいわ、いまはその気分じゃないから。

ねえ、ちょっとアドバイスして。エドガーとデートするんだけど、こんどで四回め。けっこういちゃいちゃしてます（でもキスだけ。ほかはなし）。もう一段階あげたいんだけど、あまり急ぎすぎるのもいやなの——まだ脱ぐ覚悟はできてないの。なにか、おすすめはある？

親愛なるジャズ
おっぱい。

親愛なるケルヴィン
マジで？　そんなに単純でいいの？

親愛なるジャズ
いいの。

4

翌朝、目が覚めると、豪華で寝心地のいいベッドのなかだった。

いえいえ、誰ともいっしょじゃありません。エロいことは考えないように。一〇〇万スラグが手に入ったら、人生どんなふうになるのか、ちょっと味わってみたかっただけです。

両腕をのばして背中をそらせる。ああ、よく寝た、気持ちよかったー！

お粗末な棺桶とちがって、この部屋はすばらしく遮音性が高い。隣のけんかの金切り声も、あの最中の大声もきこえない。通路での騒々しい立ち話も浸みこんでこない。千鳥足のアホが壁にぶつかる音も。

それに、ベッド！　横方向に寝ても余裕がある！　おまけにシーツも毛布もベルベットよりやわらかい。寝具の肌当たりはパジャマ以上。

料金は一泊二〇〇〇ǧ。トロンドからの支払いがあったら、防音タイプのきれいなアパートメントにこういうベッドを入れよう。

ギズモをチェックすると、午前一一時?! ワオ、ほんとうによく寝た!

わたしは温かいシーツからすべりでてトイレにいった——個人用トイレに。ローブもはおらず、通路でじろじろ見るやつもいない、わたしと膀胱だけでやすらかに用を足せる場所。

朝の儀式をひととおりすませる。そのなかには超長いシャワーも含まれている。個人用シャワー——これも将来の快適な生活に欠かせないもののリストに欠かせないアイテム。アルテミスでは水は高い。ただ、使い捨てにしているわけではない。閉鎖系だから、実際は水の浄化代を払っていることになる。ホテルの部屋には中水道水再利用シャワーがある。最初の二〇リットルはきれいな水(約三分間、出る)。そのあとは、いま使った水が温められて、また出てくる。どれだけ長い時間シャワールームにいても、使う水は二〇リットルだけ。重要注意事項——中水道水再利用シャワーでおしっこはしないように。

狂おしいほど肌触りのいいパイル地のバスローブをはおって、髪をタオルターバンで包む。

邪悪な計画のつぎの一歩を踏みだす時間だ。こんどはリサーチは必要ない。必要なのはインスピレーション。わたしは〝ジャズ二度と離れたくないベッド〟に横になって、心をさまよわせた。

問題――どうやって街の外に出るか？

エアロックは、非EVAギルド会員のコマンドにはしたがわない。それにはもっともな理由がある。絶対にあってはならないのは、訓練を受けていないどこかのアホがエアロックのコントロールボタンをいじりまわしてしまうこと。エアロックの誤用、悪用は、バブルにいる人間を皆殺しにするいちばん手っ取り早くて効果的な方法だ。

だからエアロックのコントロールパネルを使うにはギズモをかざしてふらなければならない。するとコントロールパネルはあなたがギルドの会員かどうか確認する。とても効果的なアホ防御策だ。でもどんなアホ防御策も固く決意したアホには勝てない。このシステムには欠点があるのだ。

安全上の理由から、エアロックの外側のドアにはなんのセキュリティ策も講じられていない。もしEVAスーツからエアが洩れているときに安全をもとめてたどりついた先で「認可検証中……」なんて文字を目にしたら。この計画に必要なのは、外からコントロールパネルを操作してくれる誰かだ。誰か……でなければ、なにか。

フロントから、チェックアウトしないともう一泊分お支払いいただくことになります、という連絡があったので、わたしはホテルを出た。トリガーでアームストロング・ダウン4に向かう。通称リトル・ハンガリー。ここで金属加工の店を営んでいるのはすべてハンガリー人だ。ベトナム人が生命維持を担い、サウジ人が溶接を担っているのとおなじこと。

わたしは父さんの仲間のジョーカ・シュトローブルの作業場の隣にトリガーを停めた。この名前、ひどい母音不足の時代につけられたのにちがいない。彼女は圧力容器専門の職人だ。父さんは、エア・シェルター設置の注文が入ると、いつもジョーカから仕入れている。彼女がつくるものは高品質で、父さんは品質、命の人だから。

トリガーをおりてドアをノックすると、ジョーカがドアをわずかにスライドさせて片目をのぞかせ、「なんの用だい？」とたずねた。なまりが強い。

わたしは自分を指差した。「あたしです、ミセス・シュトローブル。ジャズ・バシャラ」

「アマー・バシャラの娘か」と彼女はいった。「彼、いい人。あんたはいい子だった。いまはよくない」

「はいはい……あのう、ちょっと相談事があって――」

「嫁入り前なのに、たくさんの男と寝てる」

「はい、ほんとにふしだらな女です」

彼女の息子のイシュヴァンはわたしよりよほどたくさんの男とやっている。喉まで出かかったのを、ぐっと抑える。「二日ほど、借りたいものがあって。一〇〇〇スラグ、払います」

ドアがもう少し開いた。「借りたいものって？」

「ＨＩＢです」

ジョーカはビーン・バブルとシェパード・バブルの建設にたずさわっていた。バブル建設はたいへんな仕事だ（その分、収入も大きい）。

彼女たち何十人かの金属加工職人がわずかにカーヴした三角形をつくり、それがバブルの外殻をかたちづくる骨組みに積み重ねられ、ＥＶＡマスターたちがリベットを打ってクソ洩れやすい密閉空間が完成。そのあと生命維持チームが洩れる分を打ち消すだけの量のエアをバブルに供給して、溶接工が内側から本格的に密閉。父さんはその仕事でかなりのお金を稼いだ。

ジョーカのような職業意識の高い職人は定期的に自分の仕事を点検している。でも、訓練を受けてライセンスを取得したＥＶＡマスターではない人間が外から外殻を点検するにはどうするか？　外殻点検ボット《HIB》を使うのだ。

ＨＩＢは、なんのことはない、タイヤの代わりに鉤爪がついたR／C車《リモコン》だ。アルテミスの外殻には、メインテナンス作業用にいたるところに取っ手がついている。ＨＩＢはこの取っ手を利用してどこでもいきたいところへいける。能率が悪そう？　でも、バブルの外殻をのぼるには、これしかない。アルミニウムは磁気を帯びていないし、真空中では吸着カップやプロペラは使えないし、ロケットエンジンは経費がかかりすぎる。

「なんでＨＩＢがいる？」彼女がたずねた。

嘘は前もって考えてあった。「シェパードの安全弁にリークがあるの。父さんがとりつけたやつに。だから溶接した側をチェックしてこいっていわれて」

アルテミスの気圧を一定に保つのはなかなかむずかしい。いつもより電気の使用量がふえると、街の気圧が少し高めになる。なぜか？　電気は熱になり、熱は気温を上昇させ、気温が上昇すると気圧が高くなる、というわけ。通常は、生命維持センターがエアを抜いてバランスをとる。でも、それがうまくいかなかったら？

そういうときのためのフェイルセーフ機構として、どのバブルにも安全弁がついている。もし気圧が高くなりすぎたら、安全弁を開けて気圧が正常にもどるまでエアを外に逃がすのだ。

「あんたの親父さん、だめな溶接はしない。ほかの問題にきまってる」

「それはあたしもわかってるし、あなたもわかってる。でも、溶接が原因だという可能性を排除しなくちゃならないの」

彼女は、しばし考えていた。「何日使う？」

「二日だけ」

「一〇〇〇スラグ？」

わたしはギズモをとりだした。「そう。前払いで」

「ちょっと待ってて」彼女はドアを閉めた。

一分後、ジョーカはドアを開けてケースを差しだした。受け取ってぜんぶそろっているかどうか、中身をチェック。

メカ昆虫は長さ三〇センチ。移動用の鉤爪四本はきちんと折り畳まれて定位置に収納され、〝7〟みたいな形をしたツール・アームはロボットの上面に収まっている。このアームの先端には高品位カメラと、ネジを締めたり、ものをつかんだりといった基本的な作業ができる作動装置がついている。ものをつついて、その結果を記録するのにぴったり——現場にいかずに外殻を検査するにはもってこいだ。わたしの不埒な計画にももってこい。

彼女がリモコンをよこした――スクリーンのまわりにつまみやジョイスティックがついた、光沢のある小さなデバイス。

「使い方はわかる？」

「ネットでマニュアルを読んだわ」

彼女は顔をしかめた。「あんた壊したら、あんた修理代払う」

「このことは内緒にしておいてね、いい？　溶接ギルドはいつだって父さんにケチをつけられるネタを探してるの――だから攻撃材料をあたえたくないのよ」

「アマーはいい人だ。いい溶接工だ。誰にもいわないよ」

「じゃあ、取引成立ね？」

彼女はギズモをとりだした。「ああ」

わたしはすぐさま送金して、彼女が受諾。

「あんた返しにくる。二日」彼女はそういってドアを閉めた。

そうなの、彼女は気むずかしいし、わたしのことをふしだらな女だと思っている。でも、教えてあげる。わたしはみんなが彼女みたいだといいなと思っている。無駄話はしない、お世辞はいわない、友だちのふりをしない。商品やサービスをお金と交換するだけ。完璧な取引相手だ。

ビーン・バブルで軽く買い物をした。思ったより高かったけれど、ちょっと特別な服が必要だったから。アルテミスには数は少ないけれどイスラム教徒がいる（父さんもそのひとり）から、イスラム教徒向けの店がいくつかある。わたしはそういう店で黄褐色のロングドレスを見つけた。地味な色使いで、流行の刺繍柄が入ったやつ。いちばん保守的なイスラム教徒の女子でも着られるタイプ。ダークグリーンのニカブも買った。茶色か黒にしようかとも思ったけれど、ダークグリーンは黄褐色と合わせると地球っぽいアンサンブルで、お互いが引き立つ。強盗を働くにしたって、見栄えがいいに越したことはない。

はい、ニカブがなにか知っているふりはやめていいですよ。ニカブは顔の下半分を覆うイスラムの伝統的なかぶりものです。髪を覆うヒジャブといっしょに使うと目だけが出ているかたちになります。人に疑われることなく仮面をかぶるのとおなじ効果が得られるすばらしい方法です。

つぎに必要なのはあたらしいギズモを手に入れることだった。自分のを使うわけにはいかない――これからすることになる違法行為にいちいちデジタルの足跡を残すことになってしまうのだから。ルーディがわたしのギズモのログをじっくり調べて事件を組み立てていくようすが目に見えるようだ。冗談じゃない。どこへいってもおまわりさんがぴったりくっついてくるなんて、わずらわしいったらありゃしない。どうしても偽の身分証明が必要だ。

幸運なことに、ここでは偽の身分証明をでっちあげるのは簡単だ。おもな理由は、あなたが何者かなんて誰も気にしないから。ここでは他人の身分を騙《かた》るのを防ぐシステムは発達しているけれど、偽名を使うのはたやすい。実在する人間の身分を盗もうとしたら悲惨なことになる。被害者が気づいて届けを出せば、ルーディがギズモの使用履歴をたどって、あなたの居場所を突き止める。そうなったらどこに逃げる？　外？　息を止めていられればね。

わたしはオンラインで数百スラグをユーロに両替した。そしてそのユーロを使って、ヌハ・ネジェムという名前でKSCからスラグを買った。ネット活動はたったの一〇分で終了。地球にいたらもっと速いと思うけれど、ここからだと四秒のタイムラグがあるからね。

家に寄って、自分のギズモを置く。ここからは、わたしはヌハ・ネジェムだ。

わたしはアルテミス・ハイアットに向かった。ビーン・アップ6にある小さなホテルで、まあまあセンスがよくてお値段はリーズナブル。一生に一度の休暇を楽しむ一般観光客相手に商売している。前に一度だけ、観光客とのデートでいったことがある。部屋は快適だったと思うけれど、折り紙つきの判定というわけではない。よく見たのは天井だけだったから。

ホテルは全体が一本の長い通路になっている。〝フロント〟はクローゼットくらいの大きさのキオスクふうで、従業員はひとりしかいない。見たことのない顔だ。よしよし。こっちが見たことがないということは、向こうも見たことがないということなのだから。

「ごきげんよう」強いアラブなまりで、わたしはいった。それと伝統的な衣装とのあいだで、なにもかもが、わたしは観光客です、と叫んでいる。

「アルテミス・ハイアットへようこそ！」と男がいった。

「ギズモ、必要」

男はブロークン・イングリッシュに慣れている。「ギズモですね？　ギズモが必要なんですね？」

「ギズモ」わたしはうなずいた。「必要」

彼の思考プロセスが見える。彼は、わたしがどの予約客か割りだそうとしている。でもサウジの女性だから旦那の名前で予約しているかもしれない。それを確認するにはパントマイムだのなんだの、誤解もまじえて面倒なやりとりをしなければならない。黙ってギズモを用意したほうが簡単だ。ホテル側はなんのコストもかからないのだから。

「お名前は？」彼がいった。

あまりがっついているように見えるのもまずい。わたしは困り顔で彼を見た。

彼は自分の胸を軽く叩いた。「ノートン。ノートン・スピネッリ」そしてわたしを指差して、「お名前は？」

「ああ」わたしはいった。そして胸を軽く叩いて、「ヌハ・ネジェム」

彼はコンピュータに打ちこむ。そう、たしかにヌハ・ネジェムのアカウントはあるし、誰のギズモともリンクしていない。筋は通っている。彼はカウンターの下からかなり使い古したギズモをとりだした。古いモデルで、裏にステンシルで〝アルテミス・ハイアット所有〟と記されている。彼はいくつかキーを叩いてセットアップを完了させると、わたしにギズモを差しだした。「アルテミスへようこそ！」

「ありがとう」にっこり笑って、わたしはいった。「たくさん、ありがとう。月はたいへん興奮！」

偽の身分証明獲得。いざ第二段階へ。

あたらしいギズモで地図アプリを起動させて、それをたよりに移動するふり。もちろんアルテミスのなかを歩くのに地図なんか必要ない。でもこれも観光客のふりの一部だ。

わたしは不必要に迷いながら街を横断して通関ポートにたどりついた。わたしは、当然、大きいバッグを持っている。持っていない女性観光客なんてありえない。

ここからは油断大敵。

ポートでは、誰もがわたしを知っている。わたしは毎日ポートにいっているし、きらめく個性は一度会ったら忘れようがない。これはここそ動きたいときには理想的とはいえない。でも、きょうのわたしはジャズ・バシャラではない。ヌハ・ネジェム。サウジからきた観光客だ。

列車エアロックの隣にある待合エリアにいって、観光客の群れに加わる。椅子はぜんぶ埋まっていて、そのまわりに何十人か立っている。家族連れも何組かいて、はた迷惑な子どもたちが壁にぶつかっては跳ね返っている。この場合〝壁にぶつかって跳ね返る〟というのは言葉のあやではない。興奮しすぎの子どもたちが、文字どおり壁から跳ね返ってくるのだ。月の重力は親にとっては史上最悪のものだろう。

「すっごくクール！」おばかなブロンドの女の子が資産家の家に生まれたボーイフレンドに話しかけている。「もうすぐムーノレールに乗れるのね！」

ゲッ。ムーンとレールでムーノレール。そんないい方をするのは観光客だけだ。そもそもモノレールじゃないっつーの！　地球とおなじ平行軌道を走る列車です。

余談ですが、わたしたちは〝ルーニー（狂人の意。月＝ルナの光の霊気にあたると気が狂うとされたことから）〟なんて呼ばれたくないと思っています。アルテミスを〝宇宙都市〟というのもいや。わたしたちは宇宙空間にいるわけじゃない——月面にいるんだから。そりゃあ、厳密にいえば〝宇宙空間〟にいるわけだけれど、それをいったらロンドンだってそうなんだから。

脱線しました。

やっと列車が到着した。ほかの人たちみたいに、近づいてくる列車に心奪われている、というふりをする。車輌は一輌だけ。昔の地球の列車みたいに何輌もつながっているわけではない。ドッキング・ポートの手前で這うようなスピードになり、あとは接続するまでじりじりと前進。カチッ、カチャン、と音がして入り口の円形ハッチが開き、乗務員の姿が見えた。

嘘でしょ！　ラージュだ！　いるはずないのに。誰かとシフトを代わったんだ。

ラージュとわたしは幼馴染みだ。学校もいっしょだった。一〇代もいっしょにすごした。とくに仲がいいというわけではないけれど、ここにきてからずっと毎日のように顔を合わせてきた仲だ。ロングドレスにニカブ姿でも見破られてしまうかもしれない。

彼が開口部から出てきて、制服を整えた——ネイビーブルーの上下に真鍮のボタン、制帽、というまぬけな一九世紀ふうの制服。アポロ11号着陸地点からもどってきた浮かれ気分の乗客たちがおりてくる。ビジターセンターで買った土産物――月の石製の着陸船の彫刻とかアポロ11号のミッションパッチとか――を持っている客も多い。

全員が下車すると、ラージュがよく通る大きな声でいった。「二時三四分発、アポロ11いきーーーーー！　ご乗車、願いまーーーーーす」年代物ふうの真鍮の改札ばさみをとりだした。もちろん、パンチを入れる紙の切符などない。たんなる支払い用パッドの飾りだ。

わたしはニカブを少しきつめにして、猫背で進んでいった。姿勢や動作のくせを変えれば、ばれにくくなるかもしれない。乗客たちは一列になってギズモを改札ばさみの上でふりながらラージュのまえを通りすぎ、前室を抜けて列車に乗りこんでいく。

ラージュは前室に一度にひとりしか入らないようにしている。そのへんのやり方はこずるくて、ほとんど乗客のまえに立ちはだかるという感じだ。そのほうが「もし圧が失われた場合は、前室のドアが閉まります。街は無事ですが、前室にいる人は死にます」と説明するより簡単だからだ。

わたしの番がきた。下を向いて視線を合わさないようにする。ギズモがビーッと鳴って料金が表示された――

アルテミス――七五ǧ・列車料金

ラージュはわたしに気づかなかった。わたしはほっとため息を洩らして列車に乗りこんだ。

座席は埋まっていて、立ちっぱなしを覚悟していたら、背の高い黒人男性がわたしを見て立ちあがった。フランス語でなにかいって自分の席を指差している。ほんもののジェントルマン！　わたしは男性にお辞儀をして席にすわり、バッグを膝に置いた。

最後の乗客が乗りこむと、ラージュが前室のドアを両方とも密閉しながら、あとにつづいた。そして車輛の前方へ進み、インターコムでアナウンスした。「本日はルナ・エクスプレスにご乗車いただき、ありがとうございます！　ご乗車の列車は二時三四分発アポロ11ビジターセンター行きです。到着予定は三時一七分となっております。手や足を列車の外に出さないよう、お願いいたします！」

乗客のあいだにくすくす笑いがひろがった。くだらないジョークだけれど、観光客にとっては一級のユーモアなのだ。

列車が動きだした。非の打ちどころのない、なめらかな動き。横揺れも小刻みな振動も、いっさいなし。電気モーターで動いているし（あたりまえだけれど）、天候の影響でレールにゆがみやたわみが生じることもない。プラス、地球のレールにくらべたら、かかる荷重もずっと小さい。

座席の各列には舷窓がついていて、乗客は代わり番こにのぞきこんでは、単調な石ころだらけの風景を熱心に眺めている。みんなどうしてあんなに興奮するんだろう？　灰色の石ころがごろごろごろしているだけなのに。なにがおもしろいんだろう？

野暮ったい格好のアメリカ中西部からきましたって感じの女性が、窓からふりかえって、わたしに話しかけてきた。「すごくない?!　わたしたち、月にいるのよ！」

「マアレシュ、アナ・マアレフ・イングリズィ」わたしはそういって肩をすくめた。

彼女はべつの人に向かってくりかえした。「すごくない?!　わたしたち、月にいるのよ！」

ひとりにしておいてもらうのに、言葉の壁ほど有効なものはない。

わたしはギズモにアラビア語のゴシップ・ウェブジンを呼びだした。こうしておけば、うつむいていてもおかしくない。さいわい、ラージュは操縦席についていて、こっちは見ていない。

終点に着いたときには、サウジ王室の最新スキャンダルにすっかり詳しくなっていた。

皇太子が浮気をして、奥さんたちのうち二人がフルウという イスラム法で定められた権利を行使して離婚訴訟を起こしたけれど、あとの二人は皇太子の味方をしてるんだって。この一件にたいする王妃のコメントを半分まで読んだところで、列車が停まった。耳慣れたドッキングの音が車内に響きわたって、ラージュが大声で告げた。「終点でーーーす！」

彼がドアのところまで歩いていって、ドアを開けた。「アポロ11ビジターセンター！すばらしいひとときをおすごしください！」

乗客がわさわさと列車をおりると、そこはもうギフトショップのなかだ。何人か立ち止まっているけれど、大半はまっすぐ展望ホールへ進んでいく。ビジターセンターのホール側は天井から床まであるはめごろし窓になっていて、着陸地点が見渡せる。

観光客の一団が窓のほうに近づいていくと、身だしなみ抜群のガイドが出迎えてくれた。わたしは思わず目をそらした。また知ってる人。小さい街で犯罪をおかすのは面倒くさい。

ギュンター・アイヒェルは一〇年前、義理の妹のイルサといっしょにアルテミスに移住してきた。二人は男女の仲になったという理由でドイツで村八分にされたので、こっちにきたという話だった。これ、ほんとうなんです。二人はそういう理由で移住してきたの。こっちでは、セックスにかんしては同意成人であるかぎり、人がなにをしようと誰も気にしない（たまに〝成人〟の定義を拡大する人もいるけど）。

どっちにしても彼とは友だちでもなんでもないから、この変装で問題なし。

彼は全員が集まるのを待ってから、説明を開始した。「静かの海基地にようこそ。窓際に寄ってください。みなさん、ゆったりと見られるスペースがありますから」

わたしたちはまえに進んで巨大な窓のそばに一列に並んだ。目のまえに月着陸船がある。一世紀前とおなじ場所に鎮座している。その横には昔々の宇宙飛行士が設置した月面地震実験用パッケージもある。

「みなさんお気づきかもしれませんが、展望ホールの窓は奇妙な曲線を描いています」ギュンターがいった。「どうして半円とか直線ではないのか？　それは、アポロ着陸地点のどの部分からも一〇メートル以内に立ち入ってはいけないという規則があるからです。この〝どの部分〟という定義には、着陸船はもとより、装置類、道具類、記念銘板、宇宙飛行士が残した足跡まで含まれています。展望ホールは、どの窓も着陸地点のいちばん近い部分からぎりぎり一〇メートル以上離れたところに位置するように建てられているのです。どうぞ、窓に沿って、ご自由に、さまざまな角度からご覧になってみてください」

何人かはもう曲がりくねった窓に沿って歩きはじめていたが、ギュンターの話をきいてさらに数人が動きだした。

「真空の宇宙空間と自分をへだてているのは一枚のガラスだけと考えると、不安になる方もいらっしゃるかもしれませんが、心配はいりません。ここの窓のガラスは厚さが二、三センチあって、放射線からあなたをまもってくれています。これにはおまけの効果もあって、ここはビジターセンターの外殻のどこよりも丈夫な部分なんです。そして、これはわたしたちの誇りなのですが、このガラスはここで、月で、つくられたものなのです。少量の表土を入れて、黒っぽくしてあるんですよ。そうしないと、外からの太陽光が強すぎて、なにも見えなくなってしまうんです」

彼は着陸地点を指差した。「〈イーグル〉は、一九六九年七月二〇日、ここに着陸しました。〝イーグル〟という名前はアメリカ合衆国の国鳥にちなんでつけられたものです。いまみなさんがご覧になっているのは〈イーグル〉の下降段です。宇宙飛行士のニール・アームストロングとバズ・オルドリンは月面でのミッション終了後、上昇段に乗って月軌道にもどりました」

観光客はみんな窓にへばりついて、外の光景に魂を奪われている。わたしも長いこと見つめていた。わたしだって石でできているわけじゃないんだもの。街も、街の歴史も愛している。〈イーグル〉はその大きな一部を占めているんです。

「アポロ計画では、ミッションのたびに月面にアメリカ国旗を立ててきました」ギュンターがいった。「では、それはどこにあるのでしょうか？　じつは上昇段が離陸したときに排気で倒れてしまったのです。そして、そのとき舞いあがった塵が国旗を覆ってしまいました。地面をよく見ていただくと、〈イーグル〉のすぐ左に小さく白いものが見えます。あれがいまも見ることのできる国旗の一部なのです」

みんな小さな白いものを指差しながら小声でしゃべりあっている。

「そのあとのミッションからは、国旗をもっと離れた場所に立てるようになりました」

くすくす笑いがひろがった。

「興味深い豆知識をひとつ——ほかの国旗はみんな一〇〇年以上にわたって直射日光にさらされてきました。そのため、色がとんで、いまではみんな真っ白になっています。しかし静かの海基地の国旗はうっすらと表土に覆われています。ですから、おそらく一九六九年当時の姿をとどめているものと思われます。しかし、もちろん、それをたしかめに着陸地点に入ったり、なにか手を加えたりすることは許されていません」

彼は後ろ手を組んだ。「みなさんに静かの海基地の歴史とすばらしさを堪能していただければさいわいです。なにかご質問があれば、遠慮なくおたずねください」

観光客たちのうしろにある〝EVA準備エリア〟と書かれたドアの横には、ボブ・ルイスとあと二人のEVAマスターが立っている。

ギュンターがその三人のほうを手で指した。「興味がおありの方には、監督者が同行するEVAが用意されています。展望ホールからは見えない角度から着陸地点を見ることができますし、すばらしい体験になること請け合いです」

いつもはその三人のなかにデイルがいるのだが、きょうは土曜日だ。彼は信心深いユダヤ人だから、アルテミス唯一のシナゴーグ、ベス・ハルーツ教会にいっている。

何人かがEVAマスターのまわりに集まり、それ以外の人たち（それほどお金持ちではない人たち）は窓際に残った。わたしはEVA組に加わって、なるべくまんなかあたりにいるように注意しながら、すり足で進んでいった。できればボブの近くにはいきたくない。

マスターたちは、一行を八人ずつのグループ三つにわけた。わたしはボブの組になってしまった。なんてこったい。

マスターはそれぞれのグループを脇へ連れていって、基本的注意事項を説明した。わたしはいちばんうしろに立って、目をそらしていた。

「はい、よくきいてください」ボブがいった。「これからわたしはフル装備のEVAスーツを着ます。そのあいだに、みなさんには、〝ハムスターボール〟というものに入ってもらいます。先の尖ったものは持っていかないように。ボールがパンクしたら死にますからね。悪ふざけは絶対にしないこと。かならず歩く。走ってはいけません。ぴょんぴょん跳びまわったり、ぶつかりあったりも厳禁です」彼はグループにいる一〇代のカップルに相手が思わずひるむような鋭い視線を投げた。

「着陸地点は高さ一メートルのフェンスで囲われています。着陸地点を保護するためです。フェンスは立ち入り禁止区域から一〇メートルのライン上に設けられています。フェンスから先へは絶対にいかないでください。もしいこうとする人がいたら、EVAはその時点で中止になり、その人は地球に強制送還されます」

参加者がその言葉を肝に銘じるよう、彼は少し間をおいた。「外にいるあいだはわたしの指示に即刻、無条件でしたがってください。つねにわたしから見える範囲内にいるようにしてください。好きな方向にいっていただいてかまいませんが、ちょっと遠くにいきすぎているなと思ったら無線で連絡しますから、そうしたらすぐにわたしのところにもどってきてください。なにか質問はありますか？」

小柄なアジア系の男性が手をあげた。「ああ、はい、さっきガイドさんが外の放射線のことをいってましたよね？　どれくらい危険なんですか？」

ボブは手慣れた口調で答えた。「EVAは約二時間で終了します。その間に浴びる放射線量は一〇〇マイクロシーベルト以下——歯医者さんでレントゲンを撮るときとおなじ程度です」

「じゃあ、どうしてビジターセンターはシールドされているんですか？」ミスター心配性がたずねた。

「ビジターセンターも含めて、月面上の建物はすべてここで暮らし、ここで働く人のためにシールドされているんです。たまに浴びる分には問題ありませんが、四六時中、浴びるとなるとそうはいきませんから」

「あなたはどうなんですか？　しょっちゅう外に出ているんでしょう？」

ボブはうなずいた。「そうですね。しかしEVAマスターは被曝を最少限に抑えるために、ツアーを担当するのは週に二回までということになっています。ほかに質問は？」

ミスター心配性は下を向いている。まだ質問があったとしても怖気《おじけ》づいてそれ以上きけなくなってしまったようだ。

ボブは支払い用パッドをとりだした。「このEVAの料金は、おひとり一五〇〇スラグです」

観光客がひとりずつギズモをかざしていく。わたしは列のまんなかあたりに入りこんで、支払いをすませた。ギズモに表示された残高を見たら、思わずしかめっ面になってしまった。この〝手っ取り早く金持ちになる計画〟、コストかかりすぎ！

ボブの先導で、わたしたちは前室に入った。きょう担当のEVAマスターのなかでいちばんキャリアが長い彼が率いるグループが最初に外に出るのだ。

室内にはしぼんだハムスターボールがフックに掛けられてずらりと並んでいた。それぞれのハムスターボールの横にはハードシェル・バックパックが吊るされている。奥の壁には大きなハッチがあって、コントロールパネルがついている。その向こうはツアー・グループ全員が入れる広いエアロックだ。

ボブがバックパックをひとつ壁のフックからはずした。「これは短距離パックです。EVA中はこれを背負ってもらいます。生命維持装置です。必要に応じて酸素を出し、二酸化炭素を取り除きます。気圧と気温を正しく保つ機能もそなえています」

彼は短距離パックを横向きにして、側面にマジックテープで留めつけられたヘッドセットを見せた。「EVA中はこのヘッドセットをつけてもらいます。オープンチャンネルになっています。わたしたち九人全員で使います。それから、短距離パックは、もしなにか問題が起きたら、わたしのほうに報告が入るようになっています」

ミスター心配性が手をあげた。「操作方法は？」

「操作の必要はありません」ボブがいった。「完全に自動になっていますから。絶対にいじらないでください」

わたしは感心してきいているふりをしていた。もちろん短距離パックのことはよく知っている。なにしろ訓練の一環として、わざと壊されたパックを数個わたされて、問題を特定しろというのがあったくらいだから。もちろん、ぜんぶ正解した。

ボブがロッカーの列を指差した。「持ち物その他、外に持っていきたくないものはすべて、このロッカーに入れてください。ギズモは持っていってください」

客たちの興奮の度合いが一段階あがった。みんな笑顔で言葉を交わしている。わたしはいちばん近くのロッカーに歩み寄ってギズモをふった。ロッカーがカチッと開く。これでわたしのギズモにたいしての初期設定ができたので、あとで開けられるのはわたしだけということになる。よくできている――ミスター心配性でさえ、それ以上質問することはなかった。

わたしはバッグをロッカーに入れて、横目で誰もこっちを見ていないかどうか確認した。大丈夫だ。

わたしはバッグからHIBを出して、ロッカーの列のすぐ横の床に置いた。完全に誰からも見えないというわけにはいかないけれど、とりあえず見えにくくはなっている。

リモコンを、内腿につけたホルスターにすべりこませる。

そのあと、わたしたちは全員、ボブがしっかり見ているまえで短距離パックを背負った。それがすむとボブがひとりひとりハムスターボールに入れて密閉していく。なかには多少よろけたり転んだりする人もいたけれど、ほとんどはすぐにボールに適応できた。それほどむずかしいわけではないのだ。

ボブはロッカーから自分のEVAスーツをひっぱりだして、三分で着終えた。くそっ、速い。わたしは最速でも九分かかっている。

わたしたちは彼のうしろに一列に並んだ。もう優雅に動ける人もいれば、まだまだぎごちない人もいる。ボブがエアロックのコントロールパネルに向かってギズモをふると、内側のハッチがポンと開いた。彼の先導で、わたしたちはエアロックに入った。

わたしは最初に入って、隅のほうに進んでいった。壁に向かって止まり、服の下からリモコンをとりだしてHIBを起動させた。前室にあるHIBのスイッチが入って、カメラが始動。これでHIBの視点で、まるで自分が見ているように周囲のものが見えるようになった。

ボブは観光客のようすを見まもっている。つまりHIBには背を向けているということだ。観光客の目は外側のドア——かれらと月面でのエキサイティングな体験とをへだてる最後のバリアー——に釘付け。それにハムスターボールはなかに入るとかなり暗い。強烈な直射日光からなかの人間をまもるためにそうなっているのだ。

というわけで、いまがチャンス。わたしはHIBをかわいい小さな鉤爪で素早く前進させた。HIBは最後から二番めの観光客のハムスターボールの横についてエアロックに駆けこみ、隅っこに隠れた。

ボブが内側のドアを密閉して、外側のドアのクランクをまわしはじめた。エアロックの外側のドアには、目を見張るような仕掛けはない——ただの手動のバルブだ。どうして見栄えのいいコンピュータ・システムにしないのか？　それはバルブはクラッシュしないし、再起動の必要もないからだ。万が一のときにクラッシュしたり、再起動が必要です、なんていうものをたよりにするわけにはいかない。

部屋からシューッとエアが抜けていって、ハムスターボールがさらにパンパンに張ってきた。ボブはわたしたち八人の密閉状態が完全かどうか、ずっと数値をチェックしつづけている。エアロックが真空になると、彼は無線で指示を出した。

「はい。これから外側のドアを開けます。ツアーエリアには尖った石などはありません。きれいに取り除いてあります。しかし、もしボールをパンクさせそうなものを見つけたら、近づいたりせずに、すぐにわたしにいってください」

彼がドアを開けると、その向こうには灰色の、生命のかけらもない光景がひろがっていた。

観光客から、おお、うわあ、と声があがる。そして全員がいっせいにオープンチャンネルでしゃべりだそうとしたときだった。

「おしゃべりは最少限にしてください」ボブがいった。「特定の誰かと話したいときはギズモでお願いします。共通のチャンネルを使うのはツアー関連の説明や指示と質問のみとします」

彼は一歩、外に出て、わたしたちについてくるよう合図した。

わたしもほかの人たちといっしょにボールを回転させながら外に出た。月面のガリガリの表土がボールの下で砕ける。フレキシブルなポリマーの表皮が入ってくる太陽光のほとんどをブロックしてくれる。でも、それはつまりブロックされた太陽光がぜんぶ熱になるということだ。ポリマーの内側の層は断熱性にすぐれているが、完璧ではない。太陽光のもとに出て一分もたたないうちに、ボールのなかのエアが温まってくるのがわかった。

短距離パックのファンがひとつ動きだして、温かいエアを吸いこみ、冷やして吐きだすという作業を開始した。

収穫機とおなじで、ハムスターボールも排熱という厄介な問題に対処しなくてはならないけれど、人間を蠟で包むわけにはいかない。では短距離パックは熱をどうするのか？　大きな氷の塊のなかに捨てるんです。

そう。あの昔ながらの水を凍らせたやつ。二リットルの水を凍らせた氷。水はあらゆる化学物質のなかでも屈指の優秀な熱吸収体だ。そして氷を溶かすにはさらに大きなエネルギーが必要になる。ハムスターボールのツアーをどれくらい長くつづけられるか、その限界をきめるのは、まさにこれ——その氷の塊がどれだけもつか、なのだ。答えは二時間。

ボブは全員を外に出して外部ドアを閉めると、着陸地点のほうへわたしたちを案内した。かわいいＨＩＢくん（名前はヒビーにした）は、わざとエアロックに残してある。

ビジターセンターが描く弧のあたりを少し歩けば、もう到着だ。

わたしはほかの人たちといっしょになってフェンスにへばりついた。ジン・チュウにビジターセンターから見てもおなじだといったの、覚えてます？　あれは嘘です。外で見るほうが、はるかにクール。ほんとうにそこにいるという気持ちになれる。いや、実際そこにいるんだけれど、いいたいことわかりますよね？

わたしはしばしのあいだ、その昔、ニールとバズが踏みしめた地面を愛でた。ほんとうにすごい眺め。歴史が目のまえにある。

さて、仕事にもどる時間だ。

観光客は着陸地点をいろいろな角度から眺めようと、散っていった。なかは見えないのにビジターセンターに手をふっている人もいる。わたしたちのほうから見ると、センターの窓はまるで鏡。なかよりも外のほうがずっと明るい。

わたしは荒涼とした月面を眺めわたしているふりをして、ボブから顔をそむけた。リモコンをとりだして、ふたたびＨＩＢを起動させる。単純なリモコン・ユニットでアルテミスの外殻を貫いて無線の電波を送信できるものなのか、疑問に思う人もいるかもしれない。厚さ六センチのアルミ板二枚と、厚さ一メートルの砕石の層の反対側に電波を送るのはむずかしい。

でも、じつは、すごく単純。街のほかのものとおなじように、このリモコンも無線通信ネット経由でデータを送っているのだ。どのバブルの上にも、そしてビジターセンターの上にも、受信器と中継器が設置されている。だって、ＥＶＡマスターたちがみんな黙ったままじゃまずいでしょ？　安全を確保するツールとして、コミュニケーションほど強力なものはない。というわけで、ヒビーのリモコンはなんの問題もなくヒビーと話ができるのです。

いまエアロックは真空になっている――どんなエアロックでも、それが通常の状態だ。いまはちょうど、つぎのツアー・グループがＥＶＡマスターの手を借りて準備を整えているところだから、時間的余裕はあまりない。

わたしはヒビーを外部ドアのところまでいかせた。画面には彼がのぼれる箇所がマークされている。すばらしいＡＩのアシスト。わたしはどこへいくか指示するだけでいい。あとは彼が自分で考えてくれる。

彼はパイプやバルブのハンドルなどさまざまな突起物をつかんで、ドアの上のほうへのぼっていった。補強用の肋材でしっかり足場を確保してから、ハッチのハンドルをつかませる。

ハンドルをまわすには鉤爪を二本使わなければならなかったが、なんとかうまくいった。ハンドルを三回まわすとドアが少し開いた。彼を床に落とすと、途中でくるりと回転してちゃんと鉤爪で着地した。うわあ、彼と遊ぶのおもしろい！　金持ちになったら一台買おうと頭にメモした。

ネコが忍び足で部屋に入るように、ヒビーはドアを少しずつ押して隙間をひろげ、するりと外に出て、ドアを閉めた。

誰も見ていないかどうか、肩ごしに確認。ほとんどの観光客はフェンスにへばりついていて、ボブはかれらを監視している。規則を破る人間も、危険な状況に陥っている人間もいないから、ボブとしては満足だろう。

わたしはヒビーに閉じたドアをのぼらせ、ふたたび密閉させた。そこからビジターセンターのドームのてっぺんまでいくように指示する。誰の目にも留まらない最高の場所だ。彼は取っ手や突起物をつぎつぎにつかみながら、回旋状だけれど効率のいい経路を選んで、楽しげに側面をのぼっていった。てっぺんにたどりつくのに二分かかった。

節電モードに設定して、リモコンをホルスターにもどし、ビジターセンターのドームをふりかえると、地面からはてっぺんさえ見えなかった。完璧。

第二段階、完了。ツアーの残り時間はひたすら〈イーグル〉を観察。ここに、こんなもので、実際に人間が着陸したんだと思うと鳥肌が立つ。一〇〇万スラグ払うからやれといわれても、わたしにはできない。

うーん、そうね。一、〇〇、〇〇万スラグなら、やるかな。ビビるとは思うけど。

親愛なるケルヴィン

ショーンがやってくれちゃいました。

彼のことは好きだし、ベッドであたしを遠吠えさせてくれちゃうけど、ときどきバカなことをするのよね。

彼がマリファナを手に入れたの――観光客から買ったんだって。で、パーティをする場所が必要になったの。問題は、ここではマリファナを吸うと火災警報が鳴っちゃうってこと。じゃあ、どうすればいいか？

完璧な解決策――父さんのあたらしいお店！

父さんはいまビジネス拡大中で、二軒めを借りたところだったの。あたらしい設備を入れたり、新規採用の溶接工の面接をしたり、いろいろやってる最中。

まだ開店していないお店――設備も半分しか入ってない状態。つまり、広くて、ほとんど空っぽで、あたしがロック・コードを知っている空間てこと。それにほら、耐火仕様の作業場でマリファナを吸うのは責任ある行動だし！　街を火災だのなんだのからまもるんだもの。で、そこをご提供したわけ。

みんなでパーティしました。ささやかなパーティ。ショーンとショーンの友だち数人とあたしだけ。みんな酔っぱらって、ショーンたちがそこにあった工具とかで遊びはじめたの。止めればよかったんだけど、みんな笑って、楽しくやってたから、雰囲気を壊したくなくて。わかるでしょ？

とにかく、あとでわかったんだけど、その日、父さんがアセチレンタンクを満杯にしていたの。それで、ショーンやおバカな友だちが溶接に使うブローランプ・ハンドルでチャンバラごっこをしているあいだも、じつはガス供給ラインは生きていたわけ。誰かがノブをまわすかなにかしたんだと思う。だって金属と金属がカチンと当たったら火花が出たんだから。

部屋中に火がまわって、警報が鳴って、部屋は自動的に密閉されて。あたしたちは閉じこめられて、ぎりぎりのところでエア・シェルターに逃げこんだ。ぎゅうぎゅう詰めで消防部隊がくるのを待ったわ。

いろいろあって、結果――怪我人はなし。でも部屋は壊滅状態。ルーディ（でしゃばりな騎馬警官のアホ）はあたしを追放処分にしたがってたけど、マリファナはぜんぶ燃えちゃったから、違法可燃物の証拠はなし。

父さんはもうカンカン。生まれてはじめてというくらいの勢いでどなられました――延々、あの場所にどれくらいお金をつぎこんだと思ってるんだとか、それがぜんぶおまえのせいで灰になってしまったんだとか。頭にきた。だって、そうでしょ、あたしは死んでたかもしれないのよ。最低限、大丈夫か、ぐらいいってくれてもよくない？

それから大ゲンカ。ショーンとつきあうのはやめろっていわれたわ。まるであたしの性生活に口を出す権利があるみたいに！　あとはいつもの、おまえには大きな可能性があるのに、それを無駄にしているっていう耳タコのお説教をうだうだうだうだ。

〝可能性〟っていう言葉はもううんざり。父さんからも、先生からも、ほかのうざい〝おとな〟からもいわれるし、もうたくさん。

あたしが誰とつきあうか、父さんに口出しする権利はないって、はっきりいってやったわ。そうしたらまた、〝ふさわしい相手とつきあえば〝変われる〟、ショーンとつきあうのは時間の無駄だ、なんたらかんたら。あたしの人生よ、やりたいようにやる！

身のまわりのものだけ持って、飛びだしたわ。いまはショーンと暮らしてるの。父さんのところよりずっとすてき。ショーンはまだ二三歳なのに、彼の家にはちゃんとベッドルームがあるしバスルームもあるし。彼は食べるために必死に働くなんてことはしない。あたしはみんなから必死に働けっていわれてきたけどね。彼はブックメーカーなんだけど、掛け金を分散投資してリスクを回避してるの。スターライル・カジノのテーブルをひとつ買うために貯金してるんだって。そのカジノ、オルドリン・バブルにあるのよ！
これから仕事を見つけて、部屋を借りられるだけのお金を貯めるつもり。でも、どうかな。ずっとショーンといっしょに暮らすことになるかもね。

親愛なるジャズ
お父さんと仲たがいしたのは残念だな。きみが怒るのもわかるけど、お父さんといっしょに住みたくないとしても、仲直りはしてほしい。家族より大事なものはないよ。
最新ニュース。ＫＳＣに就職しました！　ただの搭載管理者《ロードマスター》見習いで一日中、貨物ポッドの重量を量ってるんだけど、最初の一歩を踏みだしたぞ！　見習い期間が終わったら、ペイロード・バランシングの訓練がはじまる。ペイロードがきちんと安全に、バランスをとって搭載されているかどうかは、すごく重要なんだ。これができていないと打ち上げ失敗にもつながりかねない。
頑張ってロードマスターになれたら、妹たちを職業学校にいかせてやれる。そして妹たちが全員スキルを身につけたら、みんなで両親をサポートしてあげられる。そうしたらママもパパもやっと引退できる。先は長いけど、妹たちもぼくも、そのために一生懸命働くつもりだ。

親愛なるケルヴィン
返事が遅くなってごめんなさい。この二週間、すごくバタバタしてたの。ショーンとけんかして仲直りしました（詳細ははぶくけど、いまはすっかり落ち着いてます）。

就職おめでとう！

このあいだサウジ人の知り合いがきて、その気があれば溶接工見習いとして身を立てさせてやるといわれたの。あたしを雇いたいという溶接のマスターが街に五人以上いるっていうの。ハンガリー人の機械工たちもきたわ。溶接と機械づくりはどっちも金属をあつかうからおなじようなものだっていうんだけど、その理屈にはついていけない。でも向こうは、あたしならうまくできるはずだと思ってるの。

そのあと、あたしがヒマしてるっていう噂がひろがって、いろんな商売の人から連絡があったの。配管工、電気工、ガラス職人、もうなんでもあり。あたしは突然、舞踏会の花状態。そう、あたしはやる気になればなんでも器用にこなせるっていう評判が立っていたんだけど、どう考えてもおかしいのよ。

父さんの匂いがするの。父さんの指紋がそこらじゅうについてる感じ。父さんは街中の職人に影響力があるからね。父さんが直接、あたしに話を持っていくようにたのんだか、みんなのほうがアマー・バシャラの娘を雇えば父さんと仕事上、強いつながりができると思ったか。

ぜんぶ断ったわ。父さんがきらいとか、そういうことじゃなくて。あたしは自分の道は自分で切り開きたいの。わかるでしょ？　それに、正直いうと――そういう仕事って、みんなきついのよね。

けっきょくポーターの仕事を見つけました。現金を稼ぐための一時的な腰かけ仕事。ショーンが家賃を払ってくれてるけど、なにもかも彼にたよるのはいやなの。わかるでしょ？　とにかく、この仕事は気に入ってます。がっつり働いてもいいし、少しだけにしておいてもいいし、好きにできるから。上下関係とかボスとか関係ないしね。荷物の集荷とか配送で、一個いくらの稼ぎです。

最新ニュース。ショーンにはつきあってる子が何人かいます。お互い、相手はきみだけ、なんて宣言したわけじゃないしね。あたしがショーンのところにきたのは、ほかにいくところがなかったからなの。だから、ちょっと奇妙な状況だとは思うけど、べつにいいの。二人でルールをきめました。いちばん大きいルールは――お互い、ショーンの家に他人を連れてこないこと。やるならよそでやること。あたしにとっては非実用的なルール。あたしは男を何人も手玉にとりたいなんて思わないから。男はひとりで充分。

はっきりいって、いやよ、こんなの。でもショーンは最初からそう公言していたから、文句はいえないの。これからいったいどうなるんだか。

5

翌朝、わたしは棺桶に横になってＨＩＢのリモコンいじりに専念した。

ヒビーは起きろと指示すると、すぐに目を覚ました。充電量九二パーセント。残念ながらヒビーくんにはソーラーパネルはついていない。設計者がソーラーパネルをつけなかった理由？　ＨＩＢは一度に二、三時間使うだけで、あとはなかにもどってくるという想定でつくられたからです。

わたしは彼をビジターセンターのドームの曲線に沿って列車エアロックのすぐ上までおろした。あとは待つしかない。ちょっとギズモをいじって、あとはほとんどサウジのゴシップ・サイトを読んで時間をつぶす。王妃がなんと嫁たちの側について、実の息子を敵にまわした！　信じられる?!　自分の母親にそういわれたら、おしまいね。

ついに観光客を乗せた一番列車がビジターセンターに到着した。ヒビーはドームからおりて、列車の屋根に乗った。列車は一秒の遅れもなく運行されているから、一〇分後、わたしのかわいい無賃乗客を乗せてアルテミスに向けて出発。

ＨＩＢのバッテリーはかなりもつけれど、さすがに月面を四〇キロ歩くのは無理。だからヒビーはスマートに列車に乗って街に帰るのです。かわいい相棒に最高の贈り物！

列車がアルテミスにもどるまでのあいだ、またお気に入りのゴシップ・サイトでヒマつぶし。

うわ、びっくり！　第二夫人が皇太子についてしゃべったこと、信じられない。エグすぎる！　でも浮気された女の気持ちはわかる。あたしがそうだったから。ほんと、むかつくんだから。

列車が街に着いたので、ヒビーをオルドリン・バブルまで走らせた。そこからは簡単。ヒビーをつくられた目的どおりに使うだけ。

彼はオルドリンの外殻に沿って這い進み、オルドリン－コンラッド接続トンネルの上を通ってコンラッドの上に到着。そのままコンラッドのてっぺんにのぼらせた。

それからまたヒビーは節電モードに、わたしは王室一族の低俗なゴシップにもどった。

注意——ここから先はオルドリン公園です。公園は二重の外殻でまもられた構造にはなっていません。外殻破損警報が鳴ったら、ただちにいちばん近いエア・シェル

ターに避難してください。エア・シェルターには青い旗が立っていて、公園内のどこからでも見えるようになっています。

入園料
非居住者――七五〇ğ
居住者――無料

読み取り機にギズモをかざしてさっとふると、ブースのドアが開いた。もちろんわたしはただで入れる。誰、アルテミス市民などというものは存在しないなんていう人?

ブースに入って外側のドアが密閉されるのを待つ。外側が密閉されると内側のドアが開いて公園に入れる仕組みだ。わたしは陽光のもとに踏みだした。そう、太陽の光。

オルドリン公園は、オルドリン・バブルのいちばん上の四フロア分を占めている。街のほかの部分はあらゆるリスクに耐える壁で覆われているのにたいして、このエリアは膨大な数のガラス窓で覆われている。アポロ11ビジターセンターで使われているのとおなじガラスで、誇りを持って、ここ、月でつくられたものだ。

ナイロビ時間、午後三時(ということはアルテミスでも午後三時)だけれど、物理的には月の〝朝〟だ。太陽は地平線上にあって、公園全体に光を投げかけている。容赦なく降り注ぐ放射線や生きながらこんがりと焼かれてしまうほどのUVは、ガラスがシャットアウトして、公園を散策する人たちをまもってくれている。

スヴォボダとの待ち合わせにはまだ間があったので、少しぶらついてみることにした。公園全体のデザインはシンプルでエレガント。円形の地面からガラスの壁が立ちあがっている。ほとんど平坦だけれど、数カ所、ゆるやかな丘がつくられている。地面はぜんぶ芝で覆われている。神に誓ってほんものの芝。これはけっこうすごいことだと思う。

外周沿いにぶらついて月面を眺める。月面の風景に魅力を感じたことは一度もない。だって……なにもないんだもの。みんなそこがいいと思うのよね？　禅の心がどうちゃらとかいうんでしょ？　でもわたしはちがう。わたしにとっては、外を見ていちばん美しいと思うのはアルテミスの姿だ。

街は陽光を浴びて輝いている。金属製のおっぱいを並べたみたい。は、なにか？　わたしは詩人じゃないんで。ほんとうにおっぱいみたいに見えるんです。

西のほうを見ると、コンラッド・バブルが視界を占領している。なかは汚くて貧しいかもしれないけれど、外側はほかの姉妹たちに負けず劣らず美しい。

南西には小さめのアームストロング・バブルがある。クモの巣のまんなかにいるクモみたいだ。その方向の先にあるのは金持ち野郎満載のシェパード・バブル。半球が傲慢に見えるなんてことがあるとは思っていなかったけれど、見える。そしてコンラッドとシェパードのあいだにビーン・バブルがある。ビーンは位置関係としても象徴的な意味でもコンラッドとシェパードの中間。この計画がうまくいったら、わたしが住むことになるはずの場所。わたしからはいちばん遠くにある。

わたしは北の方向に視線を移した。見渡すかぎり静かの海がひろがっている。灰色の丘と点々と散らばるぎざぎざの石。それが地平線までずっとつづいている。荒涼とした荘厳な風景、とかなんとかいえればいいのだけれど、いえない。アルテミスのまわりの地面は縦横無尽に交差するタイヤの跡だらけだし、石ころはひとつもない。ここには石工がたくさんいる。みんながどこで石を調達するか考えてみて。

わたしは公園のまんなかにある〝レディたち〟のほうへ進んでいった。

ほんものの木はさすがに手配できなかったのだろう。でも公園の必見スポットとして、ほんもののそっくりの肉桂《シナモン》の木の彫刻が置かれていて、その下に二つの像が立っている。ひとつは中国の月の女神、嫦娥《じょうが》。もうひとつはギリシャの月の女神、アルテミス。この美しい街は彼女にちなんで名づけられた。二人の女性はかちかちに固まった笑顔で立っている。嫦娥の手がアルテミスの腕に添えられていて、楽しいガールズ・トークの真っ最中という感じ。わたしたち住民は〝レディたち〟と呼んでいる。わたしは近づいていいって〝木〟によりかかった。

空にかかった半地球を見あげる。

「公園内は禁煙だぞ」年寄りの怒ったような声がきこえた。

公園の管理人だ。どう見ても八〇は越えている。公園がオープンしたときからずっといる。

「あたしの手にタバコなんかある？」

「前に一度、つかまえたことがある」

「もう一〇年も前の話よ」

彼は自分の目を、それからわたしを指差した。「見てるからな」

「ちょっとききたいんだけれど」とわたしはいった。「どうして芝刈りをするためだけに、はるばる月まで引っ越してきたの？」

「わたしは植物が好きなんだ。関節痛もある。ここの重力は関節炎持ちには助かるんだよ」彼は地球を見あげた。「女房が死んで、あそこにいる理由もなくなったしな」

「年寄りにはきつい旅だったんじゃない？」

「昔は仕事で旅ばかりしていたからな」と彼はいった。「どうってことはない」

スヴォボダがやってきた。いつものように時間どおりだ。彼はバッグを肩にかけて、にっこり笑うと、わたしと女神像を指差していった。「おい、見ろよ！　ホットな月のベイビーが三人、たむろしてるぜ！」

わたしはぐるっと目をまわしてみせた。「スヴォボダ、こんど女性への声のかけ方を教えてあげるわ」

彼は管理人に向かって手をふった。「やあ、あなたのこと知ってますよ。マイクさんでしょ？」

「いいや」管理人はそう答えると、じろっとわたしを見た。「男と二人っきりにしてやるが、芝生でセックスは厳禁だぞ」

「家へ帰るまでに年とって死なないようにね、おじいちゃん」

彼は肩ごしに手をふって、立ち去っていった。

「できた？」わたしはスヴォボダにたずねた。

「ああ、ここにある！」彼はバッグを差しだした。

わたしはバッグを受け取ってなかをのぞきこんだ。「ありがとう」

「コンドームを試すチャンスはあった？」

「まだ丸二日もたってないのよ。あたしがどういうセックスライフを送ってると思ってるの？」

「どんなのでもいいけどさ。ちょっときいてみただけだよ」彼は公園を眺めわたした。

「ここにはあまりきてないんだよね。リラックスするには、いいところだよな」

「いきなりなにか飛んできてもいいなら、そうね」公園はこの問題で悪名高い。地球からきた人は、どんなに頭でわかっていても、なにかを投げると力が入りすぎてしまう。友だちが一〇メートル先にいて、その人に取ってもらうつもりでボールを投げても、ボールは友だちの頭を越えて公園の反対側まで飛んでいってしまう。フリスビーの話まではさせないで。低重力と低気圧がからんでくると、観光客にとっては完全な謎だから。

「ぼくはすきだな」スヴォボダがいった。「街でたったひとつの〝自然な〟場所だからさ。開けたところが恋しいんだよ」

「外を見れば、開けたところだらけじゃないの」わたしはいった。「それに友だちとたむろするには公園よりバーのほうがいいと思うけど」

彼の顔がぱっと明るくなった。「ぼくらは友だちなの？」

「そうよ」

「やったあ！　ぼく、友だち少ないんだよ。友だちのなかでおっぱいがあるのはきみだけだ」

「ほんっとに女性との話し方を勉強しなくちゃだめね」

「ああ、そうだよね。ごめん」

怒っているわけではなかった。ほとんどうわの空だった。例の計画のことで頭がいっぱいだった。

ついにきた。これですべてのピースがそろった。溶接道具、特注の電子機器、そしてスタンバイ完了のＨＩＢ。呼吸が速くなり、心臓が口から飛びだしそうだ。ささやかな犯罪計画は、もう机上の空論ではない。わたしはいよいよこれを実行に移すのだ。

その夜、わたしはＥＶＡスーツのバルブを修理した。スーツ全体も点検した。そして、もういちど見直した。ボブにたいしては絶対に認める気はないけれど、彼のいうとおり、試験前の点検がいいかげんだったのは事実だ。自分のスーツで死ぬような羽目にならないかどうか確認するのは自分の問題。だからこんどはすべてが完璧に機能するかどうか、しつこく確認した。

寝たことは寝たけれど、あまりよくは眠れなかった。わたしは勇敢な人間ではないし、そう口にしたこともない。ついにそのときがきたのだ。ここでどれだけうまくやれるかに、この先の人生がかかっている。

午前四時に起きた。そわそわして、それ以上待っていられなかった。

通関ポートまで歩いていってトリガーとEVAスーツを拾うと、トリガーを走らせてまだ眠っている街の通路を進み、コンラッド・エアロックに到着。時間が時間なので、人っ子ひとりいない。EVAギアと犯罪に使う道具類が入った大きなバッグをおろして、人目につかないよう前室に隠す。

そして空っぽになったトリガーをポートのいつもの駐車位置にもどした。お役立ち情報――重大犯罪実行中は、車を犯罪現場に置いておかないこと。

わたしは歩いてコンラッド・エアロックにもどり、前室に隠れた。あとは誰も入ってきませんようにと祈るしかない。もし誰かきたら、いいわけを考えなくちゃならない。EVAギアについている身元を示すものを隠すのにはダクトテープを使った。シリアル・ナンバー、ライセンス・ナンバー、前面についているJ・バシャラと名前の入ったパッチ……等々。つづいてヒビーをネットに接続して起動させる。彼はすぐに元気よく目を覚ました。

ヒビーはわたしの指示どおり、コンラッドの弧を描く外殻を這いおりて、エアロックにたどりついた。クランクをまわして外部ドアを開けると、地面におりてドアの隙間を押し開けながらなかに入り、ドアを閉める。そしてふたたびクランクをまわしてドアを密閉し、内部ドアのところまでやってきた。

わたしは小さな相棒が手動バルブをつかんでアルテミスのエアをエアロックに入れるのを、丸い舷窓から見まもった。短くシュッと音がして、エアロックが街とおなじ環境になった。ヒビーが内部ドアのクランクをまわして開ける。

わたしはエアロックに入って彼の頭をポンポンと叩いてやった。「いい子ねえ」彼の電源を切って、リモコンといっしょに前室のロッカーに収納。

さてと。いよいよだ。エアロックはいつでも使えるし、コントロールパネルはなにもわかっていない。わたしは、こっちの優位を示すために、ただそれだけのために、中指を立ててコントロールパネルを侮辱してやった。が、向こうはなにも感じていないようだった。

スーツを着る。もちろん時間を計った。EVAマスターのお約束だ。一一分かかった。くそっ。ボブはどうして三分で着られるんだろう？　とんでもない怪物だ。

スーツのシステムを始動。すべて順調に機能している。圧テスト実施。スーツは指示どおり少し高圧になった状態でチェック開始。洩れがないかどうか調べるには、これがベスト。問題なし。

エアロックに入って内部ドアを密閉し、開閉サイクル、スタート。開閉サイクル完了。ドアを開ける。

グッドモーニング、お月さま！

単独EVAはそれ自体、危険なものではない。EVAマスターはしょっちゅうやっている。でもわたしは内緒でやっている。わたしが外に出ていることは誰も知らない。もしなにか問題が起きても、誰もわたしを探そうとは考えない。ただとても魅力的な死体が月面に転がっていて、誰かが気づくまでどれくらいかかるかわからない、というだけのことだ。

マイクがオフになっていることを確認。ただし受信器はオンにして公共EVAチャンネルに合わせておく。万が一、誰かが外に出てくるようなことがあったら、絶対に知っておきたいから。

酸素ボンベ二本に入っている酸素はトータルで一六時間分。さらに八時間分入ったボンベを六本、持ってきている。必要量よりかなり多い分量だ（と願っている）けれど、安全第一だから。

まあ……EVA中に稼働している収穫機にブローランプで火をつけようっていうんだから〝安全第一〟とはいいがたいかな。でも、いいたいことはわかるでしょ？

CO_2除去システムがグリーンの表示を出した。よかった。なぜなら、死ぬのはごめんだから。昔の宇宙飛行士は使い捨てのフィルターでCO_2を収集していた。いまのスーツは膜と外の真空を使って、なんだか複雑なやり方でCO_2分子を選り分ける。詳しいことはわからないけれど、スーツの電力があるかぎり大丈夫。

スーツの表示をもう一度チェックして、ぜんぶの数値が安全範囲内にあるのを確認。スーツが警報で知らせてくれるのをあてにしていてはいけない。よくできてはいるけれど、あくまでも最後の手段だ。安全はまず使う本人の心がけから。

わたしは大きく息を吸いこんでダッフルバッグを肩にかけ、歩きだした。

まずは街をぐるっと半周しなければならなかった。コンラッドのエアロックは北に面していて、サンチェス・アルミニウムの製錬所は南の方角にある。徒歩でたっぷり二〇分かかった。

それから一キロ先の製錬所・反応炉複合施設までは二時間。アルテミスが遠ざかっていくのを見ると、少し不安になった。だってほら、この石ころだらけの世界で人間が生きていけるたったひとつの場所なんだから。バイバイ、と手をふる。

やっと、土盛りと呼ばれているもののふもとにたどりついた。

アルテミスの設計段階で、誰かがいった。「反応炉が爆発したらどうするんだ？　街から一キロだろ？　まずいんじゃないのか？」オタク集団はしかめっ面で考えこんだ。

やがて誰かがいった。「うーん……途中に大量に土を盛ったらどうだ?」その男は昇進して、パレードまでやってもらいましたとさ。

細かいところは脚色しました。でも要点はわかったでしょ? 土盛りは街を反応炉の爆発からまもっているんです。要するに何重にも安全を確保するって話。興味深いことに、放射線にたいする防護は必要ないんです。万が一、反応炉がメルトダウンを起こしても大丈夫。街の防備は万全なのです。

土盛りのふもとで腰をおろしてひと休みした。だいぶ歩いたので休憩が必要だった。ヘルメットのなかで顔をまわして乳首をくわえ(興奮しないように)水を吸う。スーツの温度調節システムは水も冷やしてくれる。このスーツにはずいぶんお金をかけたんだから。故障してギルド試験をだいなしにしたという事実がなければ、上質のギアなんです。

うーっと大声で唸ってから登攀《とうはん》開始。高さ五メートル、傾斜四五度。たいしたことはなさそう、と思うかもしれない。とくに月の重力下では。ところが一〇〇キロのEVAスーツを着て五〇キロの道具類を引きずってとなると、信じて、遊び半分というわけにはいかないいんだから。

ゼイゼイ喘いで、悪態をつきながら、わたしは土盛りをのぼっていった。なんだかあたらしいののしり言葉をいくつか発明したような気がする。〝クソちくしょう〟って言葉ある？　やっと上までのぼりきって、行く手を見渡す。

反応炉は不規則な形の建物におさまっていて、そこから地面に置かれた何百枚ものきらきら輝くパネルへと何十本ものパイプがのびている。

地球では反応炉の熱は湖や川に捨てている。でも月はちょっと乾燥気味なので、熱を赤外線というかたちで空間に捨てる。一世紀前のテクノロジーだけれど、これよりいい方法は見つかっていない。

製錬施設は反応炉から二〇〇メートル離れたところにある。直径三〇メートルのミニ・バブルで片側にホッパーがある。ホッパーというのは漏斗状の装置で、石を粗粒に粉砕して円筒形の密閉容器に入れる。容器は密閉されたパイプに入れられ、風圧で施設内に送りこまれる。その昔、一九五〇年代頃によく使われていた気送管システムみたいなものだ。エアポンプと真空を扱えるシステムがあれば、それを利用したほうがいいんじゃないの、という話です。

バブルのホッパーと反対の側には列車エアロックがある。エアロックから出た線路は二つに分岐していて、片方はアルテミス方向にのび、もう片方はポートにロケット燃料を運ぶ無人サイロ車につながっている。

わたしは土盛りを二、三メートルおりて、寝転がって景色を眺められる場所を見つけた。収穫機がどういうスケジュールで動いているかは見当もつかないので、待つしかない。

だから待った。

クソ待った。

ご興味がおありの向きに報告。手の届く範囲にあった石はぜんぶで五七個。それを小さいほうから大きいほうへ順番に並べた。そのあと心変わりして丸っこいほうから丸っこくないほうの順に並べ替えた。それから砂の城をつくろうとしたけれど、城というよりただの砂の塊で終了。月の表土はとげとげしていてくっつきやすいけれど、EVAグローヴをつけていては、たいしたことはできない。かろうじて小さな半球はつくれた。アルテミスの模型完成。

けっきょく四時間待った。

延々、まるっまる、四、時間。

ついに、地平線に陽光をきらりと反射するものが見えた。収穫機がもどってきた！

やったー。わたしは立ちあがって荷物一式を整え、また動きだす準備をした（退屈しのぎに道具類を最初は英語で、つぎにアラビア語でアルファベット順に並べてみた）。

土盛りをぽんぽんと跳びながら駆けおりる。収穫機とわたしがちがう方向から製錬所に近づいていく。わたしのほうが先に着いた。

収穫機のカメラに映らないようにバブルに沿って慎重に進む。この行動にあまり意味はない――送信される映像を誰かが見ているとは思えない。それでもとりあえずバブルの壁に沿って収穫機が見える位置まで進んだ。見えた。まばゆく輝く巨大な姿。

収穫機はバックでホッパーに近づき、定位置におさまるとボウルの前面がゆっくりとあがりはじめた。

何千キロもの鉱石がホッパーに転げ落ちていく。鉱石の雪崩に伴って塵の雲が湧きあがったけれど、またたくまに消えてしまった。塵が漂っていられる空気がないからだ。

中身をドサッとぶちまけたボウルが水平にもどった。収穫機はそのままじっとしている。メカ・アームがのびて充電ケーブルと冷却ホースを接続。充電にどれくらい時間がかかるのかわからなかったけれど、いっときたりと無駄にはできない。

「一〇〇万スラグ」とわたしは声に出していった。

収穫機の側面をよじのぼってボウルのなかに荷物をほうりこむ。つづいて自分も飛びおりる。楽勝、楽勝。

充電はかなりかかるだろうと思っていたら、たったの五分で終わってしまった。トヨタには、まいりました、というしかない。かれらは急速充電バッテリーのつくり方を知っている。収穫機がガクンと揺れて動きだした。かくして、わたしたちの旅ははじまった。

計画どおり！　わたしは小さい女の子みたいにクフフフッと笑った。あら、あたしは女の子なんだから、許されるのよ。それに誰も見ていないんだし。わたしはダッフルバッグからアルミの溶接棒をひっぱりだして収穫機のてっぺんにのぼり、剣のように高々とかかげた。「進め、力強き軍馬よ！」

わたしたちは前進をつづけた。収穫機は南西方向にあるモルトケ丘に向かって時速五キロという首の骨が折れそうな高速で進んでいった。

製錬所のバブルと反応炉が彼方に消えていくのを見ていたら、また不安になってきた。誤解しないでね。シャイア（ホビットの平和な楽園）からもっと遠く離れたことだってあるんだから。ビジターセンターにいく列車に乗ったら四〇キロ離れることになるんだから。でも、安全からこんなに遠く離れたのははじめて。

丘陵地帯に入ると、あたりは石ころだらけのとげとげしい風景に変わってきた。それでも収穫機はスピードを落とそうともせず進んでいく。速くはないけれど、馬力は抜群。たくさん転がっている巨礫《きょれき》の最初のひとつにぶつかったとたん、ボウルから飛びだしそうになった。荷物が飛びださないよう必死で押さえる。収穫機は高級車じゃないので。どうして鉱石は飛びださなくてすんだのだろう？　製錬所にもどるときにはもう少し慎重に進むようになっているのにちがいない。とはいえ、いくらガタガタ揺れても歩くよりましだ。もしかしたら、いまの傾きで死んでいたかもしれないけれど。

やっと地面がたいらになって、収穫機がまたなめらかに進みだした。わたしはダッフルバッグを押しやって、またボウルの上にのぼった。収穫ゾーンに到着したのだ。

長年、収穫しつづけて石ころがなくなってしまった広大な平地。よしよし。またしばらくはスムーズに進める。石が取り除かれたエリアは、ほぼ円形になっている。その空き地の縁に収穫機が三台。ショベルで石をすくいとってはボウルに入れている。わたしが乗った収穫機がゴトゴトと円の縁に進んでいってショベルをおろした。

わたしは荷物を地面に落としてから飛びおりた。ここからだとほかの収穫機のナビ・カメラに映ってしまうのは避けようがない。このタイミングでサンチェスの従業員がガールフレンドに自慢しようと思いついて映像を呼びだしたりしませんように、とわたしは祈った。

荷物を集めて収穫機の下に入りこむ。

まずは自分自身と荷物を収穫機の車台に固定する作業から。収穫機は一カ所にじっとしているわけではないし、ちょこちょこ走ってあとを追いかける気はないので。わたしはダッフルバッグを逆さにして準備にとりかかった。

まず防水シート。四隅に鳩目がついた重い繊維強化ビニール製。鳩目にナイロン製のロープを通してジャッキポイントに結びつける。これでハンモックが完成。できたての隠れ家に入りこんで、溶接道具類をひっぱりあげる。

収穫機がガクガクと前進した。ボウルにある程度、石を積みこんで、つぎのひと口をすくおうときめたのだろう。いつ動くかはまったくわからない。だってほら、音がしないから。ささやかな不都合――予備の酸素ボンベをまだハンモックにのせていなかった。酸素ボンベのほうを見る。オーケイ。世界が終わったわけじゃない。あとでとりにもどれば――

大きな石が、下のほうに穴があいたせいで安定を失って、ボンベの上に倒れこんだ。石の下から悲しげなおならがパフッと出て、塵が舞いあがった。塵の雲はすぐに、あとかたもなく消えた。それが予備の酸素ボンベたちの最期だった。

「ああ、嘘でしょ！」わたしは叫んだ。

わたしはすぐにどれくらいヤバい状況になったかを計算した。

腕の表示をチェックすると、メイン供給の酸素残量は六時間分。緊急時用のリザーブが二時間分。溶接用のボンベが一本ある。それをスーツの共通バルブにつなぐことはできるけれど、そうするとこの旅の目的が果たせなくなってしまう。その酸素は極悪非道な計画に不可欠なのだ。

というわけで、呼吸できる酸素は八時間分。これで足りる？

アルテミスまでは三キロ。石ころだらけの歩きにくいところも多いけれど下り坂だ。二時間かかるとしよう。

もともとの計画では、夜（ほんとうの月面の夜ではなくて、時計の上での夜）まで待って、みんなが寝静まった頃にこっそり忍びこむつもりだった。でも、そんなに長く待っていられるだけのエアはない。真っ昼間に入るしかなさそうだ。

あたらしい計画――インド宇宙研究機関《ISRO》エアロック。このエアロックはアームストロング・バブルの宇宙機関街に直結している。オタクが何人か困惑して「えーと……」とかいうかもしれないけれど、ずんずん歩いていけばいい。サンバイザーをおろしていれば顔はわからない。それにコンラッドのエアロックとちがって、そこらじゅうにEVAマスターがいるわけでもない。

オーケイ。問題は、ほぼ解決した。というわけで六時間後には収穫エリアを離れなければならない。収穫機一台につき九〇分。頑張らなくちゃ。

　わたしはハンモックのなかでできるかぎり居心地のいい体勢をとって溶接道具を組み立てた。アセチレンと酸素のボンベを足のあいだに立てて安定させる。収穫機の車台で冷却バルブを一〇センチの距離から見つめ、そこにスクリュードライバーで直径三センチの円を描く。そこを切り取るのだ。

　ヘルメットのサンバイザーをおろす。サンバイザーのまんなかには溶接レンズをダクトテープで貼りつけてある。アセチレンボンベのバルブをまわし、ブローランプの混合比を点火モードにして着火——

　……しない。

　えーと。

　もう一度やってみた。なにも起こらない。火花も出ない。

　アセチレンボンベをチェックした。アセチレンはちゃんと出る。いったいどういうことと？

　サンバイザーをはねあげて点火器をチェックした。父さんからは、電子式のは〝壊れやすい〟から発火石《フリント》式の点火器を使えと教わった。バネ式のハンドルにフリントとヤスリがついただけのもので、なにも複雑なところはない。一〇〇〇年も前から使われているテクノロジーだ。どうしてうまくいかないのだろう？

ああ。

そうか。

フリントがヤスリを打つと、微細な金属片が空中に飛び散る。金属は表面積と酸化率がからんだ複雑なあれこれがあって、燃える。簡単にいうと、すごい速さで錆びるので、その反応熱で火がつくのだ。

おもしろい事実——酸化には酸素が必要である。フリントとヤスリは真空中では使えないのだ。よし。パニックになる必要はない。溶接に使う炎は、アセチレンと酸素が燃えているだけのものだ。わたしはバルブをまわして大量の酸素に少しだけアセチレンが入るかたちに調整した。そしてノズルのまんまえで点火器をカチッとやった。

火花！　おおッ、火花が飛んだ！　大量の酸素のおかげで金属片がどうにか飛び散った。でも酸素が多すぎた。アセチレンが足りなくて炎にならなかった。少しだけアセチレンをふやして、もう一度チャレンジ。

こんどは火花のシャワーが散って、どうにか途切れがちな、不安定な炎が生まれた。バルブをまわして正常な混合比にもどすと、炎がいつもの安定したかたちになった。

わたしは安堵のため息を洩らしてサンバイザーをおろした。ＥＶＡスーツは動きにくいけれど、ブローランプはぐらつかないように保たなければならない。やりにくい。でも少なくとも溶けた金属を扱う必要はない。これは溶接ではなく切断だから。切断は金属を溶かしているわけではない。実際は金属を酸化性ガスに変えているのだ。そう、それくらい高温になっているということ。

実際に切断してみると、思ったより簡単だった。一分もかからなかった。小さな直径三センチの丸い鉄板が胸の上にぽとんと落ちて、そのあとから溶けた蠟がどろっと出てきた。蠟はぶくぶく泡立って、すぐにまた固まった。

位置取り、完璧。すぐそばにある冷却パイプを傷つけることなく、蠟の貯蔵容器を切断してやった。冷却システムはどうなってもかまわないけれど、収穫機から本部に冷却液が洩れているという連絡がいくとまずい。わたしの胸に蠟が垂れたといっても、これくらい少量なら収穫機は気にしないだろう。とりあえず、そう思いたい。

わたしはダッフルバッグから圧力バルブをとりだした。前の日に、静かの海金物店で六個買ってあった（収穫機一台につき一個、プラス予備が二個）。片側に標準的な圧力コネクターがついていて、反対側が直径三センチの切りっぱなしのパイプになっているやつ。わたしはコネクターを穴に差しこんだ。切断はばっちりのでき――ぴったりはまった。またブローランプに火をつけて（さっきとおなじ酸素クレイジー発火方式を採用）アルミの溶接棒をつかむ。バルブの周囲をしっかりと密閉しなければならない。

バルブの取りつけは子どもの頃、父さんといっしょに百万回もやった。でもEVAスーツを着てやるのははじめてだ。それに切断とはちがって、こんどは密閉するために金属を溶かすことになる。

へたをしたら溶けた金属の滴がポタリと落ちてスーツに穴があいてしまう。EVAスーツに穴はまずい。

わたしはできるだけ端っこに寄った——これならへたをしても〝悲運のアルミの滴〟がわたしをよけてくれるかもしれない。作業を開始してアルミのたまりが大きくなっていくのを見まもる。溶接個所で点々とふるえていた滴が、ついに上の裂け目にしみこんでいった。胸の動悸がほぼ正常にもどった。表面張力と毛細管現象に感謝。

わたしは慎重に、時間をかけて作業を進めた。身体が真下にこないように注意しながら、バルブの周囲をゆっくりと溶接していく。ついに完了。

蠟の容器に圧力バルブがついた。つぎは計画の卑劣な部分にとりかからなくては。溶接用の酸素ボンベからバルブにホースを接続して流入量を最大にする。

そう、容器には蠟がいっぱい詰まっているけれど、隙間はある。そして、信じて、耐圧容器に五〇気圧の気体を吹きこめば、気体は隙間を見つける。ボンベと区画室が等圧になったので、わたしはきわめて慎重にバルブを閉めて、ボンベからのホースをはずした。

収穫機の下からするりと出て、そいつが動きださないかどうか確認。おなじ過ちをくりかえすわけにはいかない。

ショベルが前方におりて数百キロの石をすくいあげ、ボウルに入れる。またおりてつぎの分をすくいにかかる。よし、いまなら上にのぼれる。

わたしはすぐそばの車輪に飛びのって車枠につかまり、身体を引きあげた。ブレーカー・ボックスに手をのばして小さなふたを開ける。なかには、トロンドの収穫機のブレーカー・ボックスとおなじように、四本の電線が見えた。驚くことはない——おなじモデルなのだから。それでも、見たとたんに少し力が抜けた。

電気系統のトラブルを食い止めるため、収穫機にはそこらじゅうにブレーカーがあるけれど、最後の砦はメイン・ブレーカーだ。電気はすべてそこを通過する。バッテリーをまもっているのは〝ヒューズ〟だ。

わたしはダッフルバッグから自家製の装置をとりだした。太い電線にブースターケーブルのクリップが二個ついていて、それが高電圧リレーのスイッチにつながっている。リレーは電池式の目覚まし時計につながっている。すごくシンプル。リレーは目覚まし時計が鳴ると作動する。高度な科学技術ではないし、スマートでもないけれど、うまくいくはず。

　メインの電線の陽極と陰極をわたしの装置につなぐ。もちろん、なにも起こらない。リレーはオープンの状態。でも目覚まし時計が鳴ると（その日の真夜中に鳴るようにセットしてある）リレーがクローズしてバッテリーがショートする。ショートした電流はブレーカー・ボックスを完全に迂回することになるので、通常のフェイルセーフ機構は働かない。

　二・四メガワット時のバッテリーがショートすると、ものすごく熱くなる。い、い、とんでもなく熱くなる。そしてバッテリーは蠟と圧縮された酸素で満杯の密閉貯蔵容器に入っている。貯蔵容器は気密構造だ。ここでちょっと数式を――

　蠟＋酸素＋熱＝火

　火＋閉じこめられた物質＝爆弾

（爆弾＋収穫機）×四＝ジャズに一〇〇万ğ

　事が起こるのはわたしが無事、街にもどってからずっとあとのことだ。録画映像をいくら見たってわたしの正体はわからない。それに奥の手も用意してあるし……。

　わたしは腕の表示をチェックした。スヴォボダの装置が宣伝どおりに作動してくれることを祈るのみだけれど、少なくともこれまで、彼の仕事に失望したことはない。

わたしの棺桶では、スヴォボダがつくってくれたデバイスのスイッチが入った頃だ。わたしはそいつを愛情をこめて〝オートマ・アリバイ・マシン〟と名づけた。このささやかな冒険旅行に出る前に、ギズモをそいつに差しこんできた。

オートマ・アリバイ・マシンは人間の指とおなじ静電容量の小さな探針でギズモの画面をつつく。

そいつがわたしのパスコードを打ちこんでネットサーフィンを開始した。お気に入りのサウジのゴシップ・サイトや、おもしろ映像、ネットフォーラムなどを呼びだす。前もってつくっておいたメールも送信。

完璧なアリバイではないけれど、かなりいいと思う。もし誰かにどこにいたのかきかれたら、家でネットサーフィンをしていたといえばいい。いかにもありそうなことだし、わたしのギズモと街のネットワークのログが裏付けになる。

わたしは時間をチェックした。全工程――ハンモックをつくるところから、収穫機殺しデバイスをとりつけるまで――で四一分。いける！　充分に余裕をもって帰れる！　収穫機一台やっつけたから、あと三台。

わたしはいまや悲運を背負う身となった収穫機の下に這いもどり、荷物を集めて這いだした。そのあいだじゅうずっと巨大な車輪に押しつぶされないよう、用心をおこたらなかった。いくら月の重力下でも収穫機は重い。わたしなんかブドウみたいにペシャッとつぶれてしまう。

つぎの収穫機は収穫ゾーンの縁に沿って一〇〇メートルくらい先にいると思っていた。ところがところが、なんとわたしの鼻先三メートルのところにいる。こんなところでいったいなにをしてるの?!

そいつは地面を掘ってはいなかった。石を積みこんでもいなかった。そいつはじっとわたしを〝見て〟いて、わたしが立ちあがると高解像度カメラが微妙に焦点を合わせなおした。これが意味するところはただひとつ――サンチェス・アルミニウムの誰かが、この収穫機をマニュアルで操作しているのだ。

見つかってしまった。

親愛なるジャズ

きみのことがすごく心配だ。もう一カ月以上、なにも連絡してくれてないよね。メールに返信してくれてないよね。きみのお父さんの溶接業のウェブサイトでお父さんのメルアドを見つけて連絡してみたら、お父さんもきみがどこにいるのか知らなくて、すごく心配している。

アルテミスの公開連絡先一覧を見たら、ショーンという名前の人が七人いた。全員に連絡してみたけれど、みんなきみの知り合いのショーンじゃなかった。きみのショーンは情報を公開したくなかったということかな？　とにかく、そこで行き止まりだった。

親愛なるケルヴィン

心配かけてごめんなさい。でも父さんには連絡してほしくなかったな。

最近、いろいろとたいへんだったの。先月、ショーンのところに怒れる群衆が押しかけてきてね。一五人くらいいたかな。ショーンは袋叩き。彼はそのことについてはなにも話そうとしなかったけれど、あたしはわかってた。ここ独特のもので、〝風紀団〟ていうの。

人が頭にくることとっていろいろある。たとえ法律に触れていなくても、集団で押しかけて罰したくなるようなことがね。ショーンは女好き――それはわかってた。ほかにつきあってる子がいることも知ってた。

でもまさか一四歳の子とやってたなんて知らなかった。

ここには地球のあちこちからいろんな人がきている。文化がちがえば性のモラルもちがうから、アルテミスには承諾年齢規則はないの。強制じゃないかぎりレイプじゃない。それに相手の子も同意していたし。

でもここは野蛮人の国じゃない。地球に追放されることはなくても、かならずひどい目にあう。押しかけてきた男たちのうち何人かは相手の子の家族とか親戚だったんじゃないかな。わからないけど。

あたしはバカなの、ケルヴィン。完全なバカ。ショーンがどんな人かちゃんとわかってたのに。あたしはまだ一七歳で、出会ったその日から彼に夢中だった。けっきょく、あたしは彼の好みの年齢範囲のいちばん上だってことがわかった。

どこにも行き場がなかった。父さんのところへは帰れない。無理。あの火事で父さんが買った道具はぜんぶ燃えちゃったし、部屋そのものの損害分も父さんが払わなくちゃならなかったし。商売を大きくするどころじゃなくなっちゃったの。いまは借金をしないでいるようにするのがやっと。父さんをそんな目にあわせておいて、のこのこ帰れるわけないでしょ？

あたしがバカなせいで、父さんの暮らしはめちゃくちゃになってしまった。

ついでにいえば、あたし自身もめちゃくちゃ。ショーンを捨てたとき、あたしの名義のお金は二〇〇スラグ。部屋も借りられなかった。まともなものも食べられなかった。

いまはガンクを食べて生きてます。毎日。味はなし。エキスを買うお金がないから。そして……ああ、ケルヴィン……あたし、住むところがないの。寝れるところで寝てるの。あんまり人がいないところで。ものすごく暑い上のほうのフロアとか、凍えそうな下のほうのフロアとか。寝るときにかけるものがほしかったからホテルのランドリールームから毛布を盗んじゃった。毎晩ちがうところで寝なくちゃならないの。ルーディの一歩先をいくためにね。ホームレスは規則違反なの。彼はあの火事以来、あたしに〃目をつけてる〃の。あたしを追放するためなら、どんな理由でもつけるつもりだと思う。つかまったらサウジアラビアに強制送還されちゃう。そうなったら、お金はない、家はない、〃おまけに〃重力病持ち。だからあたしはここにいなくちゃならない。

へんな話ばかりしてごめんね。ほかに話せる相手がいないのよ。お金をめぐんでくれるなんて〃絶対に〃いわないでね。きみが本能的にそう考える人だってことはわかってる。でも、やめてね。きみは四人の妹さんとご両親の面倒を見なくちゃならないんだから。

親愛なるジャズ
なんといったらいいのかわからない。呆然としています。きみのためになにかできるといいんだけど。
こっちも状況はあまりよくない。妹のハリマが妊娠しているといいだした。相手が軍人なのはまちがいないけど、妹は相手の名字も知らないんだ。もうすぐ赤ん坊が生まれたらその面倒も見なくちゃならないから、ぼくらの計画はぶち壊しだ。もともとはぼくがハリマの学費を払って、そのあとハリマがクキの学費を払って、そのあいだにぼくがママとパパの引退にそなえて貯金して、それからクキがフェイスの学費を払って、という感じになってたんだ。でももうハリマは赤ん坊にかかりきりになるから、ぼくらはハリマの生活費も出さなくちゃならない。ママはKSC構内にある食品雑貨店の店員の仕事を見つけてきた。仕事をするのは生まれてはじめてなんだ。ママは気に入ってるみたいだけれど、ぼくは仕事なんかしなくていいようにしてあげたい。
パパはまだまだ何年も働かなくちゃならない。クキはなにかスキルのいらない仕事を見つけてお金を稼ぐなんていってるけど、それじゃあ未来を売ることになってしまう！

いいことも数えないといけないね。ハリマはいい母親になると思う。もうすぐあたらしい家族がふえるんだ。みんなで大事に育てるよ。家族全員、健康だし、お互いに支え合って暮らしている。

きみはホームレスかもしれないけれど、少なくともきみがいるのは比較的清潔で安全なアルテミスのストリートだ。地球のどこかの街とはちがう。それにきみには仕事があってお金を稼げている。使うより多い金額であることを祈ってるよ。

友よ、いまは困難なときだ、しかし道はある。かならずある。きっと見つかる。ぼくで力になれることがあったらいってくれ。

6

「オーケイ。まったく嘘みたいよね」わたしは収穫機に話しかけた。

ほかの二台の収穫機もわたしのほうに近づいてきている。たぶん、わたしが岩の陰に隠れて逃げださないようにするためだろう。コントロールルームの係員はいまやカメラでわたしをいくつもの角度からとらえている。ウヒョー。

なにが起きたのかは、あとで知った——わたしの酸素ボンベを殺した石、あれが派手な転がり方をしたので、収穫機が震動を検知した。収穫機のタイヤには地面の揺れを検知するとても敏感な装置がついている。どうしてか？　収穫機は丘の斜面を掘っているから、もし土砂崩れが起きたら、コントロールルームはいち早く知りたいわけ。

だから収穫機は揺れがあったことを本部に報告した。報告を受けたサンチェスのコントロールセンターでは係員たちが二、三分前からの映像をチェックした。かれらとしてては何百万スラグもする収穫機が石ころの死の壁に飲みこまれてしまうのかどうか、それを見極めなくてはならなかった。ところがそこに見えたものは！　車台の下に消えていくわたしの姿！　そこでかれらはわたしがなにをしているのか見るために、ほかの収穫機を動員したというわけだ。

そしてかれらはEVAマスターに連絡した。どんなやりとりがあったのか正確なところは知らないけれど、たぶんこんなふうだったんじゃないかと思う――

サンチェスの係員：「おい！　うちの収穫機になにしてくれてるんだ?!」

EVAマスター：「おれたちはなにもしてないぞ」

サンチェスの係員：「しかし、誰かがやってるんだ」

EVAマスター：「よし、おれたちがいって、とっちめてやる。おまえらのためじゃないぞ。EVA独占の締めつけをゆるめる気はないってことを見せつけるためだ。それに、おれたちはアホの集まりだからな」

というわけで、いま現在、EVAマスターたちはわたしをアルテミスに連れもどすべく捜索隊を編成している最中だろう。アルテミスに引きずりもどされたら、そのあとはさんざん叩かれて、強制送還されて、リヤドで重力病に苦しんで、そこからなにもかもが坂道を転げ落ちていくにきまっている。

わたしは動きを止めて、このあたらしい状況について考えた。怒れるEVAマスターの群衆がわたしを捜しに出てくる前に街にもどれる方法はない。だから計画を中止するのは無意味。画期的な月面鬼ごっこがはじまる前に仕事をすませてしまうほうがいい。

捜索隊は移動速度を考えて貨物ローバーを使うだろう。ローバーなら時速一〇キロで進める。上り坂は少しスピードが落ちるから、時速六キロとしよう。とすると、連中がここにくるのは三〇分後。

巧妙な手を使っている場合じゃない。わたしが街に帰ってから事が起こるという計画は、もうなし。サンチェスは収穫機をぜんぶ呼びもどして調べるにきまっている。メカニックは一台一台、徹底的に点検して、わたしの懸命な労働の成果をなかったことにするにちがいない。

あと三〇分で収穫機四台ぜんぶを完全に破壊しなければならない。プラスの面は、サンチェスの係員が親切にもほかの収穫機をわたしのところに集めてくれたこと。

オーケイ、重要なものから順番にいこう。わたしはダッフルバッグに入っているワイヤカッターをつかんで、わたしを見つけた収穫機に飛びのり、いちばん上までよじのぼった。メインとサブの通信システムは、車輛のいちばん高いところの両端にそれぞれ設置されている。収穫機（いまは、まちがいなく人間の制御下にある）が前後に揺れた――わたしをふり落とそうとしているのだろう。でも収穫機の動きはたいして速くない。

わたしはなんなくバランスをとって四本のアンテナぜんぶを手早く処理した。ワイヤカッターで切るにはちょっと太すぎるサイズだったけれど、とにかく完了。四本めのアンテナがぽろりと落ちると同時に、収穫機がぴたっと動きを止めた。収穫機は通信が途絶えたらなにもせずじっとしているようにプログラムされている。収穫機が勝手にふらふらさまよいだしたりしたら困るでしょ？

わたしはつぎの収穫機の上に飛び移った――ついさっき細心の注意を払って時限爆弾にしたやつに。あの作業はぜんぶ無駄。ため息。

バチン、バチン、バチン、バチン！

あとの二台がバックしはじめた。

「ああ、いっちゃだめ！」わたしは地面に飛びおりて駆けだした。簡単に追いついた。三台めの犠牲者の上によじのぼって切断開始。同胞とおなじように、そいつも最後のアンテナが失われると同時にぴたりと動かなくなった。

最後の一台に追いつくには少し走らなければならなかったけれど、すぐに追いついた。アンテナを三本切断して、四本めにとりかかろうとしたとき、身体の左側で痛みが炸裂して、わたしは空中にほうりだされた。あ、〝空中〟じゃないわ。真空だから。でも意味はわかるわよね？

わたしは地面に激突して転がった。

「うん？」わたしはいった。一瞬、間があったけれど、すぐに気づいた。サンチェスのどあほうどもが収穫機を操って積載用ショベルでわたしをふり落とそうとしたのだ！

クソ野郎どもめ！　スーツが破れたらどうするのよ！　たしかにわたしはかれらの所有物を壊そうとしたけれど、それで人を殺していいってことはないでしょ?!

うーん、いよいよはじまっちゃったか。

収穫機はショベルをまんなかまでおろして、わたしのほうに進んできた。

わたしは立ちあがり、メイン・カメラに駆け寄って中指を突きたててやった。そして反対側の手に持ったワイヤカッターで強打。もう画像データはなしよ、どあほう野郎ども。

「誰だか知らないが、そこにいるのはわかっているぞ」メインEVAチャンネルで声が入ってきた。ボブ・ルイスだ。くそっ！　ギルドはいちばん優秀な会員に捜索隊のリーダーをまかせて送りだした。あたりまえだ。「世話を焼かせるな。おまえを拘束するために、われわれの安全がおびやかされるような事態になったら、そのつけはおまえに払ってもらうからな」

もっともないい分だった。映画とちがって、EVAスーツで格闘するのはとほうもなく危険だ。そんなことをするつもりはない。もし追いつかれたら降参するだけ。これはもう鬼ごっこだ。

問題は一度にひとつずつ。まだ殺人《キル》ドーザーがいるのだ。正面のカメラがないので、わたしを見つけようと左右に車体をふっている。車輪の動きはゆっくりだけれど、ショベルの背後にある武骨なパワーはショベルを前後にふることができる。

ショベルがわたしの左、一メートルの地面をガツンと叩いた。なかなか勘がいいけど、もうちょいだったわね。わたしはポンッとショベルのなかに入って、しゃがみこんだ。これはいちかばちかの賭けだった。ショベルにはとても正確な重量センサーがついているから、わたしの重量が加わればまちがいなくわかる。どうか係員があまり注意を払っていませんように。

ショベルがまた上にあがり、そのタイミングでわたしはジャンプした。自分の跳躍とショベルの上への動きが合わさって、思ったより高く飛びあがってしまった。

「うわ、まずい」放物線の頂点で、わたしは思わずいった。地上一〇メートルくらいまでいっていたと思うけれど、はっきりはわからない。はっきりわかっているのは、収穫機のてっぺんに着地したときに足が折れそうになったことだ。

わたしの計画が分別あるものかどうか、一瞬、考えてから、手をのばして残るアンテナを切断。収穫機はぴたりと動きを止めた。

「ヒュー」これで収穫機四台ぜんぶを一時的に無力化した。あとは永遠に無力化するのみ。

まずは破壊工作をすませた収穫機から。さっきとおなじように側面をよじのぼってブレーカー・ボックスのふたを開ける。リレーに手をのばして目覚まし時計の時間設定を変えようとしたけれど、ボタンが押せなかった。当然のなりゆき。時計は人間の指で扱うようにつくられている。不格好なEVAグローヴ用じゃない。

オーケイ。時間設定が変えられないならもう少し大雑把な方法にしよう。わたしはワニロクリップを二つともはずしてリレーをひっぱりだし、この絶縁体をケーブルから切り離した。ケーブルを大雑把に結んでバッテリーの両極にまたワニロクリップを再結合。

そしてさっさととんずら。

リレーをはずしたことで、わたしは〝電線〟という名のあたらしいデバイスをつくりだしたのだ。これでバッテリーがショート、そしてとんでもない量の熱を垂れ流している。

わたしはいちばん近い岩めざして全速力で走り、その陰にすべりこんだ。すぐにはなにも起こらなかった。岩の陰からのぞいてみた。まだなにも起こらない。

「うーん。もしかしたら——」

そのとき収穫機が爆発した。まるで……爆発したみたいに。思ったよりずっと大きな爆発だった。破片が四方八方に飛び散った。猛烈な爆風で車台が地面に押しつけられ、その反動で跳ね返ったと思うと半回転して逆さに着地した。

爆発から充分遠くに離れたと思っていたけれど、まちがいだった。大まちがいだった。ねじれた金属片が隠れている岩に激突し、小さい破片が雨あられと降り注いだ。

「ああ、そうか」あのなかにもうひとつ爆発物があるのを忘れていた——水素燃料電池。あの水素がぜんぶ高温で酸素と出会って、軽くおしゃべりしたってことだ。

岩は最初の爆発からはわたしをまもってくれたけれど、上から降ってくる破片には無力だ。わたしは残る収穫機のひとつをめざして腹這いで進んでいった。まわりじゅうで塵の煙が噴きあがる。忘れてはいけないこと——ここには空気はない。なにかが空に舞いあがったら、そのなにかは舞い、あ、が、っ、た、と、き、と、お、な、じ、速さで落ちてくる。つまり弾丸が降ってきているのだ。

ただただ運の良さだけでわたしは収穫機にたどりつき、しばらくのあいだその下でちぢこまっていた。そして嵐がおさまるのを待って這いだし、手仕事の成果をチェックした。

犠牲になった収穫機は大破していた。というか、車輌だということもほとんどわからないくらいに壊れていた。車台はねじれた金属の残骸で、収穫機の五〇パーセント以上がいまや収穫ゾーン全体に均等にばらまかれている。時間をチェックした。全工程で一〇分。悪くない。でもあと三台を処理するにはスピードアップしなくては。

まずは残骸のあいだを縫って二メートル四方の金属板を見つけ、〝防護岩〟の裏側まで引きずっていって立てかけた。原始的なシェルター、完成。

どうよ。厳密に解釈すれば、わたしは月面基地をつくったことになる。わたしはジャスミン砦に腰をおろして、ほかのリレー・ケーブルを単純なジャンパー（回路の切断部をつなぐ短い導線）につくりかえていった。

そして二台めの収穫機での作業開始。とりあえずこんどはハンモックは不要だ。収穫機はどこへもいかないから。

真空中でブローランプに点火するコツはつかんだから、仕事の進みは最初よりずっと速い。それに作業箇所に印をつける必要もない。記憶どおりにやればいい。経験ほど作業のスピードアップに役立つものはない。穴をあけてバルブをとりつけて貯蔵容器にエアを満たす。

そしてバッテリーをショートさせて金属板まで走り、その下に這いずりこむ。こんどはバカみたいにふりかえったりしなかった。

爆発を地面経由で感じとって、〝恐怖の雨〟にそなえる。この金属板の厚さで大丈夫だろうか？

金属板にボコボコとへこみができてきた。ものすごく怖かったけれど、金属板はどうにかわたしを銃弾の雨からまもってくれた。へこみができなくなるまで待ってから、近くの地面で塵が噴きあがらなくなっているかどうか確認。音がきこえたらどんなにいいか。真空が音を伝えるのを拒否しているのは、ほんとうにいらつく。

這いだしても死ななかったから、万事順調にいったらしい。岩をぐるっとまわると、ばらばらに壊れた収穫機が見えた。

腕の表示で時間を確認すると、また一〇分かかっていた。「くそっ！」

捜索隊が有能だったら、あと一〇分くらいで現着してしまう。あと二台、やっつけなくちゃいけないのに。どちらか一台でも動く状態で残してしまったら、サンチェス・アルミニウムは鉱石をとれる。鉱石がとれれば酸素がつくれる。そうなるとトロンドは一〇〇万スラグ払ってくれない。

いちばん無駄なのは、わたしが破片を避けるために走って隠れる時間だ。どうすればいいかはわかっていた——でも、気に入らなかった。残った二台をいっぺんに吹き飛ばすしかないのだ。

　どうか文脈を無視して最後の文章だけ引用したりしないでください。

　わたしは残りの二台それぞれに、ドッカーンといかせるための細工をほどこしていった。いまはどちらも酸素満タン、ブレーカー・ボックスが開いていて、陽極からジャンパー・ケーブルがぶらさがっている状態だ。

　溶接道具をぜんぶ一台の収穫機の下に並べる。急がなくてはならないから、これをぜんぶ引きずって持って帰ることはできない。でも〝バシャラ溶接会社〟という社名が入ったものを残していくわけにはいかない。見つかったらたいへんなことになる。

　ああ。一〇〇万スラグ。父さんにはあたらしいのを買ってあげることにしよう。もっ、い、いいか、といいのを。

　わたしは一台の収穫機のそばに立って、二〇メートル先にあるもう一台を見つめた。相当うまくやらないといけない。長いこと忘れていた脳味噌の理性的な部分がふいに声を張りあげた。このやり方でほんとうにいいの？　（一〇〇万スラグよ）いい！　大丈夫！

　ひとつのバッテリーをショートさせて、もう一台の収穫機に走り、そっちもショートさせる。もう少しでシェルター、というところで最初のが爆発した。

もう少しのところで。

前方の風景が爆発と同時にピカッと光った。収穫機の破片がきっちり物理法則にしたがって降り注ぎ、まわりじゅうから塵の雲が噴きだす。岩をまわりこむ時間はない。岩を半分のぼり、半分飛び越える。華麗に前転をきめるつもりだったのに、どちらかというとバタバタ、ドスンになってしまった。

「見たか?!」無線で声が入ってきた。

「おまえ、メインのチャンネルでしゃべってるぞ」ボブがいった。

「くそ」

捜索隊はわたしにきかれないように、メインではないチャンネルを使っていたのだ。それが、ひとり、へまをしてしまった。おかげで向こうが爆発を見ていることがわかった。かなり近くまできているということだ。

二度めの爆発を待ったけれど、なにも起こらない。やっと勇気をふりしぼって岩陰からのぞくと、無傷の収穫機が見えた。

「いったいどういう――」いいかけて、わかった――生き残った収穫機の表面は、もう一台のほうの爆発であばただらけになっている。そしてジャンパーがまっぷたつに切断されている。破片ですっぱり切れてしまったのだ。両極から切れたジャンパー・ケーブルがぶらさがっている。バッテリーのショートは一瞬で終わってしまって、爆発が起きるほどの高温にならなかったということだ。

収穫ゾーンの向こうにきらりと光るものが見えた。EVAマスターたちがやってきたのだ。わたしは残っている収穫機をふりかえった。そこまでの距離一五メートル。もどる時間プラス、ジャンパーをつなぎ直す時間。もう一度、彼方の光を見直す――もうローバーだとわかる。たったの一〇〇メートル先。ぐんぐん近づいてくる。

まにあわない。もう、連中がきてしまう。一台、残していくしかない。

「くそおっ！」それが正しい判断だとわかってはいたけれど、だからといってその判断が気に入るとはかぎらない。正しいけれど、いや、ということだってある。わたしは犯罪現場から逃げだした。

月面で誰かに追われて逃げるときの小さな問題――足跡がすごくはっきり残ること。わたしはどんなバカでも追跡できる派手な足跡を残して、最短コースで収穫ゾーンから出た。それ以外どうしようもない。このゾーンは石がひとつ残らず取り除かれていて、塵しかないのだから。

自然のままの場所に出てしまえばいろいろとやりようがある――高地は小石から大きな岩まで、石ころだらけなのだ。

わたしは石の上にのって、つぎの石に飛び移った。それからまたつぎの石に飛んで、またつぎへ。わたしはいちかばちかの〝床はどろどろ溶岩〟ゲームを二〇分つづけた。塵が積もった地面には一度も触れなかった。この跡、追えるもんなら追ってみなさい、ボブ。

つぎの行程もおなじように退屈でストレス満載だった。ずっとうしろをふりかえりながら数キロ進んだ。捜索隊はすぐに、わたしがアルテミスにもどるつもりだと判断するだろう。ローバーに飛びのって追いかけてくるにちがいない。

かれらは最短距離をとるだろう（と思いたい）。だからわたしはまわり道をした。一直線とは似ても似つかない道筋をとった。アルテミスは収穫ゾーンから三キロしか離れていないのに、わたしはでたらめなくねくねのルートで五キロ歩いた。丘陵地帯は岩だらけで、わたしを見つけようとしても視線をさえぎる巨礫や起伏がそこらじゅうにある。うまくいった。捜索隊がどんなルートをとるにしろ、わたしを見つけることはできない。

ついにモルトケ丘のふもとにたどりついた。地平線までずっと静かの海がひろがり、遥か彼方にアルテミスが輝いている。たっぷり二キロはありそう。自分がいかに孤立しているかに気づいて、不安が湧きあがってきた。それを無理やり抑えこむ。そんなことをしているヒマはない。

つぎの作戦を考えなくては。ここから先は石から石へ飛び移って進むことはできない。わたしと家とをへだてているのはどこまでもつづく灰色の粉の平野だ。足跡が残るだけでなく、四方八方、何キロ先からも丸見えになってしまう。

休憩の時間だ。とりあえず、いまはまだ岩だらけのところにいるのだから。わたしは適当な岩を見つけて、その影のなかに腰をおろした。LEDをぜんぶ消す。ヘルメットのなかのもぜんぶ。腕の表示装置もテープを貼って隠した。

月面にできる影は真っ黒だ。空気がないということは光の散乱もないということ。それでもわたしは完全な闇のなかにいるわけではない。太陽の光は近くの岩や塵や丘、その他もろもろにあたって反射し、その一部はあちこちうろついた末にわたしにあたる。それでも周囲の光り具合にくらべれば実質的には見えないといっていい。

わたしは顔をまわして水の乳首をくわえ、たっぷり五〇〇ミリリットル飲んだ。EVAは汗をかく仕事なのだ。

休憩して正解だった。腰をおろして五分後、捜索隊のローバーが街へもどっていくのが見えた。わたしからはだいぶ離れたところを走っていった——街への直線コースをたどっているのだろう。

四人乗りのローバーに七人乗っていた。サーカスで小さい車にピエロが大勢乗るやつ。あれが平地を突っ走っているみたいだった。巻きあげる塵の雲の大きさからして、全力疾走しているらしい。あれだけのスピードで、凹凸だらけの地面を走っていたら、わたしを見つけるのは無理だ。いったいなにを考えているんだろう？

「あああ、やられた！」わたしはいった。

かれらはわたしを見つける必要はない。わたしより先に街にもどればいいのだ。街にもどってすべてのエアロックを見張る。わたしはそのうちエア不足で降伏するしかなくなる。

「くそっ！　ちくしょう！　クズ！　あほんだら！　できそこない！」ののしり言葉をいろいろ変化させるのは大事。おなじのばかり使っていると、迫力がなくなってくる。わたしはスーツのなかでさらに一分ほど息巻いてから、気を落ち着けて計画づくりにとりかかった。

オーケイ、たしかに作戦は失敗したけれど、それで都合がよくなった面もある。かれらはわたしより先に街に帰る。上等。でも、それはつまり、かれらがわたしを捜して静かの海を走りまわることはないということだ。これまでこの平地をどうやって見つからないように進もうか悩んでいたけれど、もうそれは問題ではない。

わたしは立ちあがってLEDのスイッチを入れ、腕の表示装置のテープもはがした。すべてのエアロックでEVAマスターが見張っているだろう。なかでじっと待っているということはない。外にいて、わたしがくるのを見つけたら警報を鳴らす気にちがいない。

ある計画が浮かんだ。でも、まずは街のすぐそばまでいかなくてはならない。それが第一段階だ。

コンラッドのエアロックは北に面している。ビーンにある静かの入江カンパニーの貨物エアロックは北西に、オルドリンの通関ポートは東に、そしてアームストロングにあるISROのエアロックは南東に面している。だから、かれらの人員配置のいちばん大きな〝盲点〟は南西ということになる。

わたしは灰色の無のなかを一時間、正しい方向から近づけるように大きく円を描くコースをとって、飛びはねるように進んでいった。地平線上のドーム群がだんだん大きくなる。なにか問題はないか、目を光らせつづける。最後の一〇〇メートルは緊張のしっぱなしだった。シェパード・バブルの影のなかに入ったら、だいぶ気持ちが落ち着いた。闇のなかなら、まず見つかる心配はない。

シェパードの外殻によりかかって、ほっとため息をつく。

オーケイ。とりあえず街には帰れた。ここからは少しややこしくなる。目的の場所まで街の外辺に沿って歩いていくわけにはいかない。まちがいなく見つかってしまう。ここはヒビーのまねをしてメインテナンス用の取っ手を使う作戦だ。

取っ手は、EVAスーツを着て使うことを想定してつくられている――ばかでかいグローヴで楽につかめる完璧なサイズ。球体の湾曲面をのぼりきるのに、たった一〇分しかかからなかった。てっぺんに着いたので、いったんそこで身を潜めた。EVAマスターが気になったからではない――かれらはバブルとの距離が近すぎて、わたしの姿は見えない。そうではなくて、単純な位置関係の問題だ。シェパードとオルドリンをへだてているのはアームストロングだけ。そしてアームストロングの高さはほかのバブルの半分しかない。だから、いまこの瞬間も、オルドリン公園にいる人からはわたしの姿が丸見えになってしまうのだ。

まだ朝、かなり早い時間だから、公園にきている人はそう多くないと思いたい。プラス、誰かがわたしの姿を見たとしても、たぶんメインテナンスの人間が仕事をしていると思ってくれるはず。それでも……法を犯している最中の人間としては、できれば誰にも見られたくない。

シェパードの反対側の側面を下って、アームストロングとのあいだの接続トンネルの屋根におりた。身体能力はあまり関係ない。トンネルの幅は三メートルあるので。

アームストロング・バブルにたどりついたら、こんどはアームストロングの側面をのぼる。アームストロングは小さいのでシェパードのときよりかなり速くのぼり終えた。そしてキャットウォークのようなアームストロング－オルドリン接続トンネルの上を進んでオルドリン・バブルへ。

オルドリンは少しむずかしくなる。わたしは途中までのぼった。でも頂上へはいけない。うーん、いけるんだけれど、あえていかない。バブルの外殻をうろつくのはかまわないけれど、オルドリン公園のガラス部分を入園者の目のまえでのぼっていったら、何人かがきゅっと眉をあげることになる。「ママ、どうして月にスパイダーマンがいるの？」――やっぱり、遠慮しときます。

わたしは半分のぼったところで――ガラス・パネルのすぐ下で――止まって、そこからは横向きに進んでいった。取っ手から取っ手へ腰をゆすって横這いでバブルをまわりこんでいくと、すぐに通関ポートが見えてきた。いちばん手前が、列車がポートとドッキングする前室。でも、いまは列車は停まっていない。その隣が貨物エアロックの巨大な円形ドア。

ボブ・ルイスが列車が入る凹所《アルコーブ》から出てきた。

「うわ、最悪!」オルドリンの湾曲面を移動するのにどれだけ神経を使ったか! EVAマスターに姿を見られないようにゆっくり進んできたけれど、まさかボブがアルコーブのなかにいるとは思わなかった。そんなのずるいわよ、ボブ!

彼は巡回中だ。海兵隊員はどこまでいっても海兵隊員。まだ上を見てはいないけれど、すぐに見るだろう。猶予時間は一秒、せいぜい二秒。

わたしは取っ手をはなしてドームをすべりおりた。地面に足からおりようと頑張った——うまく着地すれば衝撃をやわらげることができる。でも、だめだった。優雅に着地とはいかなかった。ひとつもいいところがなかった——地面に激突したうえに、完全にバランスを崩してしまった。

まるで麻袋を落としたみたいだった。でも落ちた場所はアルコーブの反対側だったし、怪我もしなかった。真空中は音が伝わらないから助かった。真空でなかったら、ドサッという音がボブにきこえていたはずだ。まあ、なんでもいい。ぶざまでも、成功は成功。

わたしはオルドリンの壁にしがみついてポートからそろそろと離れ、ボブが見えなくなるところまで進んだ。彼がどんな〝巡回ルート〟をとるのか知らないけれど、ポートのエアロックから遠くへはいかないだろう。わたしはそのままポートから充分に離れるまで進んでいって、バブルにもたれてすわりこんだ。

そして待った。あたらしい位置からは列車アルコーブは見えないけれど、そこから街の彼方へとのびている線路は見える。

三〇分後、地平線に列車が姿をあらわした。月は小さいので地平線までは二・五キロしかないから、列車が駅に着くまで、たいして時間はかからなかった。

わたしは列車がアルコーブに進入してポートとドッキングするまで待ってから、アルコーブに沿って忍び足で進んでいった。

入ってきたのは始発列車だ。乗客のほとんどはビジターセンターの従業員だから、さっさと乗りこんで、すぐに折り返せる状態になる。

列車がアルコーブから出てきた。これだけの大きさのものが速度をあげるには多少、時間がかかるから、まだたいしてスピードは出ていない。

わたしはまえに跳んで、前輪の覆いをつかんだ。理想的なつかみ方ではなかったけれど、全力でしがみついた。足があがらず、地面にあたってぽんぽん跳ねる。オーケイ、これはいままででっちあげた計画のなかで最高のものとはいえないかもしれないけれど、列車がボブとわたしのあいだをへだてていてくれている。それが狙いなんだから上出来。

列車が加速して、どんどん速くなっていく。わたしは必死にしがみついていた。このスピードだと、尖った石にあたったらスーツが破れるかもしれない。このままずっとぶらさがっているわけにはいかない。足をどこかにのせなくちゃ。

わたしは手をのばして窓枠の縁をつかんだ――どうかその席に誰もすわっていませんように。身体を引きあげて足を車輪の覆いにのせる。誰にも見つかっていないかどうか窓からのぞいてたしかめたい誘惑に駆られたけれど、思いとどまった。窓の外に指が何本かかかっていても気がつかないかもしれないけれど、EVAスーツの大きなヘルメットが出てきたら、たぶん気がつく。

わたしはできるだけ動かないように気をつけた。車体の外側から音がきこえてきたら、乗っている人はかなり気味が悪いだろう。〝人生の判断を誤った月の女の襲撃〟

わたしたちは眠気を催す単調な経路をビジターセンターめざしてバッバッと進んでいった。もう、わたしの計画がどんなものか見当がついたでしょ？　捜索隊はアルテミスのすべてのエアロックを見張っているけれど、ビジターセンターのエアロックのことまで考えたかしら？

たとえ考えたとしても、わたしより先にいくことはできない。これが始発列車なんだから。

到着まで、いつもどおりなら四〇分。わたしは車輪の覆いにどうにかうまく腰かけることができた。居心地はそう悪くない。

わたしはずっと、いまのまずい状況をどうしたらいいのか考えていた。つかまらずに無事になかに入れたとしても一件落着とはいかない。トロンドは収穫機四台を壊すという約束でわたしを雇った。でもわたしが始末したのは三台だけ。サンチェスのメカニックは残った一台にわたしが仕掛けた工作を解除して、もとの作業にもどれるように直してしまうだろう。酸素の生産量は減るかもしれないけれど、必要最小限の量はつくれるだろう。

大失敗だ。トロンドはお金を払ってくれないだろう。それを責めることもできない。わたしは失敗したというだけでなく、彼にとって不利な状況をつくってしまった。いまやサンチェス・アルミニウムは誰かがかれらのビジネスを狙っていることを知ってしまったのだから。

「ヤバい……」わたしはいった。胃がきゅっと痛くなった。

列車がビジターセンターに近づくにつれてスピードを落としはじめた。わたしは地面に飛びおりて、よろけながらも転ばずに立ち止まった。列車はそのままアルコーブに入っていった。

ぽんぽん跳びながらビジターセンターまでいき、ドームの弧に沿って進む。ずっとまわりこんでいくと〈イーグル〉が見えてきた。わたしにダメ出ししているような気がした。チッ、チッ、わたしのクルーなら絶対にこんなドジは踏まないぞ。

やがて、すばらしい光景が目に入った——エアロックに見張りがいない！

よっしゃあ！

わたしはエアロックに駆け寄って外部ドアを開け、なかに飛びこんでドアを閉めた。再加圧バルブをまわすと、まわりじゅうからシューッという輝かしいエアが吹きだす音がきこえてきた。

急いではいるけれど、エア洗浄が終わるのを待つ。だって、いくら密輸業者で破壊工作員でオールラウンドなバカでも、ＥＶＡスーツを汚れたままにはしておけないから。

洗浄が終わって、きれいさっぱり。

街にもどれた！　ビジターセンターのなかでＥＶＡギアを隠せるところを探さなくてはならないけれど、それは問題ない。観光客用のロッカーをいくつか使って隠しておいて、あとで大きな入れ物を持ってもどってくればいい。わたしはポーターだ——荷物のピックアップにきたといえば、それですむ。怪しまれる心配はない。

エアロックの内部ドアを開けて、救いの手のなかへ一歩、踏みこんだ。

と思ったら、救いの手ではなかった。クソだった。わたしはクソのなかに一歩、踏みこんでいた。わたしの笑顔はたちまち〝つかまったばかりの鯉〟の顔に変わった。

前室には、腕を組んで薄笑いを浮かべたデイルが立っていた。

親愛なるジャズ
元気？　心配してます。もう二週間も連絡がないから。

親愛なるケルヴィン
ごめん。お金を節約するのに、しばらくのあいだギズモ・サービスを中止しなくちゃならなかったの。きびしかった。でもやっと水面に顔が出せるようになってきたところ。

あたらしい友だちができました。あたし、ときどき有り金をかきあつめてコンラッドの壁の穴でビールを飲むの。ホームレスなのにお酒にお金を使うなんてバカだってわかってる。でもお酒があれば、ホームレス生活も耐えられるの。

とにかく、その店の常連でデイルという人がいてね。ＥＶＡマスターで、ほとんどアポロ11ビジターセンターで仕事してるの。観光ＥＶＡとか、そういう仕事。

彼と話すようになって、どうしてかわからないけど、いつのまにか悩みを打ち明けてたの。彼は、あたしの最悪な状態にショックを受けて、お金を貸してくれるといったわ。でもそれはあたしのパンツのなかに入りこむための賭け金だと思ったから、ことわったの。売春婦がきらいなわけじゃないけど、あたしはなりたくないから。でも彼は、ただ友だちとして力になりたいだけだって。そのお金を受け取るのは、最高にむずかしいことだったのよ、ケルヴィン。でも、そうするしかなかった。とにかく、カプセル・ルームを借りる敷金と一カ月分の家賃を払えるだけのお金が手に入りました。狭くて狭くて気持ちを切り替える（カチッ！）のにも外に出なくちゃならないけど、とりあえず家は家。そして言葉どおり、デイルはなにも見返りを期待しなかった。完璧なジェントルマン。

そして、信じられないかもしれないけど、つきあってる人がいます。名前はタイラー。まだつきあいはじめたばかりだけど、すごくやさしい人。ちょっとシャイで、誰にでも感じがよくて、規則とかルールとかの話になるとボーイスカウトみたいな人。つまり、ぜんぶあたしと正反対。でもすごく気が合うの。しばらくはつきあってみるつもり。

いいこと教えてあげるね。あたし、この頃、自己中心的なの。自分の話ばかりして、きみがどうしてるか、ききもしないもんね。最近はどんな感じ？

親愛なるジャズ
よかった！　ショーンとのことがあったから、永遠に男と無縁で生きていくんじゃないかと思ってたよ。わかった？　男がぜんぶ悪人ってわけじゃないんだよ。
ぼくにはKSCの仕事がある。すごくありがたいと思ってる。昇進もした。いまはロードマスター助手だ。二カ月後には一人前のロードマスターになれる。給料もあがる。
ハリマは妊娠六カ月で、みんなで出産準備をしている。ハリマが学校にいっているあいだ、ほかの妹たちが赤ちゃんの面倒を見ることになるから、そのローテーションをつくった。ママとパパとぼくは仕事をつづけることになる。パパはそろそろ引退する予定だったけれど、少なくともあと五年、働かなくちゃならない。そうするしかないんだ。でないと、お金が足りなくなるから。

親愛なるケルヴィン
きみはロードマスター助手なの？　つまりときどきは上司の監督なしで貨物ポッドをセットアップするってこと？　アルテミスにはタバコを吸う人が大勢いるのよね。

親愛なるジャズ
話をつづけて……。

7

わたしは、おでこからアレが生えているみたいに、デイルをじっと見つめた。「どうして……？」

「おまえならこうするにきまってるだろ？」彼はわたしの手からヘルメットをとりあげた。わたしは無抵抗だった。「おまえは捜索隊がアルテミスのエアロックを固めるとわかってた。残るのはビジターセンターしかないじゃないか」

「どうして捜索隊といっしょじゃないのよ！」

「いっしょさ。ビジターセンターの見張りに手をあげたのがおれだったってこと。もっと早くきたかったんだが、いまのが始発だからな。タイミングを考えると、どうやらおなじ列車できたみたいだな」

くそ。たいした犯罪計画を立ててたもんよね、あたしは。

デイルはわたしのヘルメットをベンチに置くと、わたしの手をとってグローヴの密閉クランプをはずし、手首のところでくるくるまわして抜き取った。「こんどはやりすぎたな、ジャズ。いくらなんでもやりすぎだ」

「モラルについて講義するつもり？」

彼は首をふった。「いつまでこだわってるんだ？」

「こだわってちゃ悪い？」

彼はくるりと目をまわした。「タイラーはゲイなんだぞ、ジャズ。オスカー・ワイルドがスパンコールのドレスを着て頭にティアラをつけたピンクのプードルを散歩させてるくらいゲイなんだぞ」

「プードルがティアラしてるの？」

「そっちじゃなくて、オスカー・ワイルド――」

「はい、はい、そっちのほうが意味が通るわね。とにかく――くたばれ」

デイルは唸った。「おまえたちはしっくりいってなかった。最初からそうだった」

「だからあんたがあたしのボーイフレンドをファックしてもいいっていうの？」

「そうじゃない」彼は静かにいうと、もう片方のグローヴもはずしてベンチに置いた。

「おまえたちがつきあっているときにやるべきじゃなかった。おれはあいつを好きになってしまった。あいつはとまどっていた。しかし、だから許されるってことじゃない。

まちがいだったと思ってる」

わたしはそっぽを向いた。「でも、やっちゃったのよね」

「ああ、そうだ。おれは親友を裏切った。もしそれでおれの心が傷ついてないと思っているんだったら、おまえはおれのことがわかってないってことだ」

「お気の毒さま」

彼は顔をしかめた。「おれはあいつを〝リクルート〟したわけじゃない。おれがいなくたって、あいつはおまえから離れていったさ。あいつは女とじゃ、しあわせになれない。それはおまえとは関係のないことだ。おまえだってわかってるだろ?」

わたしは答えなかった。彼のいうとおりだったけれど、いまはそんな話に耳を傾ける気にはなれない。彼が身ぶりでうしろを向けというのでそのとおりにすると、彼は生命維持パックをはずしてくれた。

「EVAの仲間にあたしをつかまえたって報告しなくていいの?」

彼は生命維持パックを慎重にベンチに置いた。「これは大事《おおごと》なんだぞ、ジャズ。尻を叩かれるくらいじゃすまない。追放処分になりかねないんだぞ。サンチェス・アルミニウムの収穫機を吹き飛ばしたんだからな。どうしてあんなことをしでかしたんだ?」

「なんでそんなこと気にするの?」

「気にするさ、ジャズ。おまえはずっと親友だった。タイラーを愛してしまったことは後悔していないが、まちがったことをしたのはわかってるんだ」

「ありがとう」わたしはいった。「あたしが愛した唯一の人とあんたが寝てると思って眠れない夜には、あんたが罪悪感を持ってるってことを思い出すようにするわ。それでもう痛くない、痛くない」

「もう一年たつんだぞ。いつになったら被害者意識が消えるんだ？」

「くたばれ」

彼は壁によりかかって天井を見あげた。「ジャズ、ＥＶＡ捜索隊に連絡しなくていい理由を教えてくれ。なんでもいいから」

わたしは怒りが渦巻く脳味噌で、必死に論理的に考えようとした。おとなにならなくちゃ――いま、ちょっとのあいだだけでも。好き嫌いをいっている場合じゃない。とにかくそうしなくちゃ。

「一〇万スラグ、あげるわ」一〇万gなんて持っていない。でもあの最後の収穫機を壊すことができれば手に入る。

彼はきゅっと眉をあげた。「オーケイ。理由としては充分だ。いったいどうなってるんだ？」

わたしは首をふった。「質問は禁止」

「なにかトラブルに巻きこまれてるのか？」

「それ、質問よ」

「わかった、わかった」彼は腕を組んだ。「捜索隊はどうする？」

「あたしだって、ばれてるの？」

「いや」

「じゃあ、なにもしなくていいじゃない。ここであたしに会ったことを忘れてくれればいいだけよ」

「ジャズ、街でEVAスーツを持ってるやつは四〇人しかいないんだぞ。小さい池だ。すぐに調べはつく。EVAマスターはかならず調べるぞ。当然、ルーディもな」

「それはちゃんと考えてる。とにかくあんたは黙っててくれればいいから」

彼はじっくりと考えていたが、やがてパッと明るい笑顔になった。「一〇万はいい。ほかのものにしてもらおう——また友だちになってくれ」

「一五万」とわたしはいい返した。

「週にひと晩。ハートネルズで飲む。昔みたいに」

「だめ」わたしはいった。「お金を受け取るか、あたしをEVAの野郎どものところに突きだすか、どっちかよ」

「ジャズ、おれは協力しようとしてるんだ。困らせるなよ。金はいらない。また友だちになりたいだけ。それでイエスかノーか、それしかない」

「く——」〝たばれ〟といいかけて飲みこんだ。そこらあたりがプライドの限界だった。ここで彼がギズモで連絡したら、わたしの人生は終わってしまうのだ。

「——いいわ」わたしはいった。「週に一度。だからって、友だちってわけじゃないわよ」

彼はほっとため息を洩らした。「助かった。おまえを破滅させたくはなかったんだ」

「もう破滅してるわ、あんたのせいで」

痛烈な一撃に、彼はひるんだ。よしよし。

彼はギズモをとりだして電話をかけた。「ボブか？　まだ外にいるのか？……オーケイ、おれはこっちに着いたところだ。ビジターセンターでスーツを着てる最中……ああ、始発に乗ったんだ。センターのなかは調べた。ここにいるのはおれと仕事をはじめたばかりのスタッフが二人だけだ」

彼はしばらくギズモに耳を傾けてからいった。「了解。一五分後には外に出られる……オーケイ、外に出たら連絡する」

彼が電話を切った。「さあ、おれは謎の破壊工作員を捜しにいってくる」

「楽しんできてね」わたしはいった。

「火曜、午後八時にハートネルズでな」

「了解」わたしは口のなかでもごもごといった。

デイルに手伝ってもらってスーツを脱いだあと、わたしはデイルがスーツを着るのを手伝った。

家に帰ると同時に、仰向けにひっくりかえった。死ぬほど疲れていた。いつもならいまいましい棺桶でさえ、快適な気がした。オートマ・アリバイ・マシンからギズモを出して、ウェブとメールの履歴をチェック。ちゃんと仕事をしてくれていた。

思わず、ほっとため息。どうにか乗り切った。とりあえずは。ルーディやギルドからいろいろきかれることになっても、話の辻褄は合うようになっている。

ギズモにトロンドからメッセージが入ってきた――**「この前の配達、ひとつ足りなかったぞ」**

わたしはすぐに返信した――**「遅れていてすみません。ただいま最後の荷物をお届けすべく奮闘中」**

「了解」

またトロンドと話す前に、最後の収穫機をどう始末するか考えておかなくてはならない。でも、どうすればいい？　あたらしい計画を立てよう。どんなかたちになるのか見当もつかないけれど、なにかひねりださなくては。

つぎに気がついたのは、いつのまにか自分が昼寝していたということだった。靴をはいたままだし、ギズモを手に持ったまま。一日の疲れと前の日の睡眠不足がどっと襲いかかってきたらしい。時間を見たら、四時間も寝ていた。

とりあえず、身体を休めることはできた。

コンラッドのグラウンド階を、何周も歩いてまわること一時間。健康のためじゃない。コンラッドのエアロック前室に誰にも見られずに入るためだ。

ＨＩＢはまだそこのロッカーに入ったままになっている。ジョーカには二日で返す約束になっていた。その期限まであまり間がないのだ。なのにエアロックのまえを通るたび、いつも誰かがそばにいる。だから歩きつづけているというわけ。

それに、しばらくのあいだはＥＶＡギルドの連中にも会いたくない。かれらは五時間後に捜索を中止していた。いまごろはＥＶＡスーツを使える人間を片っ端から調べているだろう。ギズモでアリバイをつくってあるけれど、できれば尋問は受けたくない。エアロックのそばで連中と鉢合わせするのは極力、避けたい。

ちょうど四周したときだった。ついに近くに誰もいない好機到来。わたしはエアロック前室に駆けこみ、ギズモをふってロッカーを開けると、ＨＩＢとリモコンをつかんで急いで外に出た。

出るときにはうっすら満足の笑みを浮かべていた。完全犯罪。そのとき、ルーディに出くわした。

煉瓦の壁にぶちあたったような気がした。ううん、ちょっとちがう。全速でぶつかったら、煉瓦の壁だって壊せるかもしれない。でもわたしは不器用なうすのろだからＨＩＢが入ったケースを落としてしまった。

ルーディはケースが落ちていくのを一瞬見つめてから、なんなく宙でつかみとった。

「こんにちは、ジャズ」ルーディがいった。「ちょうど探していたところだ」

「あたし、生きてるうちはつかまらないわよ、おまわりさん」

彼がケースに目をやった。「こいつは外殻検査ボットだな？　どうしてそんなものが必要なんだ？」

「女性の衛生上の問題。あなたにはおわかりにならないと思うわ」

彼はケースをわたしに返してよこした。「話がある」

わたしはHIBを脇にかかえた。「ギズモってきいたことある？　どこにいても、人と話ができるのよ」

「おれが電話をかけても出ないんじゃないかと思ってな」

「あら、ギズモのこと知ってるのね」わたしはいった。「イケメンからかかってくると、あわてちゃうのよ。とにかく、話ができてよかったわ」

わたしはすたすたと歩きだした。腕をつかまれるとかすると思ったけれど、彼はわたしと並んで歩きはじめた。

「おれがどうしてここにいるか、わかってるんだろう？」

「見当もつかないわ」わたしはいった。「カナダ人の話？　自分のせいでもないのにあやまらなくちゃならないって、ほんと？　二〇メートル先にいる人のためにドアを開けておいてあげるって、ほんと？」

「サンチェスの収穫機のことは知ってるよな？」

「どのローカル・ウェブサイトでもトップニュースになってる、あの話？　ええ、知ってるわよ」

彼は後ろ手を組んだ。「おまえがやったのか？」

わたしは最高に驚いた顔をしてみせた。「どうしてあたしがそんなことするのよ？」

「つぎの質問はそれにしようと思ってたんだ」

「誰かがチクったとか？」

彼は首をふった。「いや、しかしおれはいつも街全体に目を光らせているんだ。おまえはEVAスーツを持っている。そしておまえは犯罪者だ。捜査の手はじめとして妥当なところだからな」

「あたしはひと晩中、棺桶にいたわよ」わたしはいった。「信じられないんだったら、ギズモの記録でもなんでも調べれば。調査を許可いたします――これでグギ統治官のお墨付きをもらう手間がはぶけるでしょ」

「ではそうさせてもらおう」と彼はいった。「もうひとつEVAギルドのボブ・ルイスからたのまれていることがある。EVAスーツ所有者全員のゆうべの所在を知りたいというんだが、おまえのデータを彼に知らせてもいいかな？」

「ええ。どうぞどうぞ。それで一件落着になるわ」

「ボブはそうかもしれないな」彼はいった。「しかしおれは疑り深い人間なんでね。ギズモが棺桶にあったからって、おまえも棺桶にいたということにはならない。誰か、証明してくれる人間はいるか？」

「いいえ。世間の噂とちがって、あたしはいつもひとりで寝てるから」

彼は片眉をあげた。「サンチェス・アルミニウムは怒り狂ってる。EVAギルドも騒いでいる」

「あたしはなんの関係もないわ」彼をふりきろうと急に角を曲がったけれど、彼はちゃんとついてきた。わたしがそうするだろうと読んでいたにちがいない。

ポリ公め。

「こうしようじゃないか」――彼はギズモをとりだした――「ほんとうのことをいってくれれば一〇〇スラグ払おう」

「え……ええっ?」わたしは思わず立ち止まった。

彼はギズモになにか打ちこんでいる。「一〇〇スラグ。おれの個人口座から直で送金する」

わたしのギズモがビーッと鳴った。ポケットからとりだすと――

ルーディ・デュボアから送金――一〇〇g。受領しますか?

「どういうつもり?」わたしは詰め寄った。

「真実を語る報酬だ。受け取ってくれ」

わたしは受け取りを拒否した。「へんなことしないでよ、ルーディ。あたしはもうほんとうのことを話したのよ」

「一〇〇スラグ、欲しくないのか？　もう真実を話したというのなら、金を受け取って、もう一度いってくれ」

「とっとと消えてよ、ルーディ」

彼はいかにもわかっているといいたげな目つきでわたしを見た。「やっぱりな。だと思ったよ」

「なんなのよ？」

「おまえのことは非行少女だった頃から知っている。認めたくないだろうが、おまえは親父さんそっくりだ。親父さんの仕事の倫理観をそのまま受け継いでいる」

「だから？」わたしは口を尖らせてそっぽを向いた。

「ただしゃべっているだけなら、おまえは一日中でも嘘を並べ立てるだろう。しかし、真実に金を払うということになると、これはもう商取引だ。バシャラ家の人間は絶対に契約違反はしない」

生意気なことをいってやりたかったけれど、在庫がなかった。めったにないけれど、たまにはこういうこともある。

彼はヒビーを指差していった。「HIBは認可なしにエアロックを開けるのには、えらく役に立つだろうな」

「でしょうね」

「まず、そいつを外に出さなくちゃならないな」

「でしょうね」

「観光EVAにまぎれこんで、こっそり外に持ちだすという手もあるな」

「なにがいいたいの、ルーディ?」

彼はギズモの画面を叩きながらいった。「エアロックには監視カメラがない。ここは警察国家ではないからな。しかしビジターセンターのギフトショップには保安カメラがある」

彼はギズモの画面をわたしのほうに向けた。変装してギフトショップを通り抜けるわたしの姿が映っている。彼が再生画像を静止させた。「列車に乗るときの送金記録によると、彼女の名前はヌハ・ネジェム。おかしなことに彼女のギズモはいまオフラインになっているんだ。彼女、身長も体格も肌の色も、おまえとそっくりだと思わないか?」

わたしはかがみこんで画面を見た。「月には背の低いアラブ女は何人もいるって、知ってるでしょ？　それに、彼女、ニカブを着けてる。あたしが伝統的な格好をしてるところなんて、一度でも見たことある？　あたしは、いわゆる信心深いイスラム教徒じゃないのよ」

「彼女もだ」彼は画面を二、三度、叩いた。「列車にも保安カメラがある」

　こんどは列車内の録画だ。すてきなフランス人の男が立ちあがって、わたしに席をゆずり、わたしは会釈して席にすわった。

「騎士道精神はまだ死んでないのね」わたしはいった。「よかった」

「イスラム教徒は人に頭は下げない」ルーディがいった。「モハメッドでさえ、自分にたいして誰にも頭を下げさせなかった。イスラム教徒が頭を下げるのはアラーにたいしてだけだ。ほかの人間に頭を下げるようなことはしない。絶対にな」

　くそっ。そこまでは知らなかった。子どものときに、もっと注意して見ておけばよかった――父さんがわたしを信者にするのをあきらめる前に。

「へえ」わたしはいった。「なにをいえばいいんだかわからないんだけど」

　ルーディは壁によりかかった。「こんどこそつかまえたぞ、ジャズ。これはセコい密輸とはちがう。一〇〇万スラグ相当の損害が発生しているんだ。おまえは逮捕されることになる」

　わたしは少しふるえた。怖いからではない。腹が立ったから。このバカ、あたしの人生にちまちま口出しする以外にやることないの?!　いいかげん、ほっといてよ!

　顔に出てしまったらしい。

「どうした?　反撃しないのか?」彼がいった。「遊びでやったんじゃないよな。〝雇われ仕事〟だってことは目に見えてる。誰に雇われたのかいうんだ。そうすれば統治官にとりなしてやる。追放処分はまぬがれるぞ」

　わたしは口を真一文字に結んでいた。

「おい、ジャズ。トロンド・ランドヴィクだと白状してくれたら、おれたちはみんなこれまでどおりの暮らしをつづけられるんだぞ」

　反応しないようにしたけれど、うまくいかなかった。どうしてトロンドのことを知っているんだろう?

　彼はわたしの表情を読んでいた。「やつは地球の資産を売却してスラグ残高を大幅にふやしていた。アルテミスででかい買い物をしようとしている証拠だ。サンチェス・アルミニウムだろう、とおれは思っている」

　なんとしてもトロンドをつかまえたいのだろう。わたしの息の根を止める千載一遇のチャンスをほうりだそうとしているのだから。でも……トロンドを巻きこむの?　わたしらしくない。「なにをいってるんだか、さっぱりわからないわ」

彼はギズモをポケットにしまった。「どうしてHIBを持っているんだ?」

「配達するのよ。あたしはポーターだもん。なんでも配達するのがあたしの仕事」

「送り主は誰なんだ? 受け取る相手は?」

「いえないわよ。この仕事は口が固くないとだめなの。あたし、評判いいのよ」

彼はひとしきりわたしをじっと見つめていたけれど、わたしは表情を崩さなかった。

彼は渋い顔で、一歩さがった。「いいだろう。しかしこれで終わったわけじゃないぞ。おえらいさんたちは、いたくご立腹だからな」

「じゃあ、誰かほかの人にご立腹なんでしょ。あたしはなにもしてないもの」

すると、驚いたことに彼はくるりと背を向けて歩きだした。「すぐに、にっちもさっちもいかなくなるぞ。そうなったら、連絡しろ」

「なに――」いいかけて口をつぐんだ。彼がわたしの話を信じていないのだとしたら、このいっときの夢から絶対に覚めたくない。

どう考えてもおかしい。ルーディは何年も前からわたしに目をつけてきた。彼は絶対確実な動かぬ証拠をつかんでいる。統治官は、まちがいなく納得するだろう。その証拠を見たら、彼女は考える間もなくこの邪悪なバカを地球に追放するにきまっている。

もし彼が本気でトロンドを狙っているのだとしたら、どうしてわたしを逮捕しないのだろう？　強制送還処分に直面したら、わたしはトロンドを見捨てる可能性が高い、でしょ？

いったいどういうこと？

一杯飲まずにはいられなかった。わたしはハートネルズに寄っていつもの席にすわり、ビリーに合図した。みじめさをアルコールとテストステロン（精巣から分泌される男性ホルモン）で溺れさせなくては。安いビールを二、三杯飲んで、ちょっとセクシーな服に着替えて、オルドリンのナイトクラブにいって、イケメンをお持ち帰りする。そうだ、スヴォボダのコンドームも試せるじゃないの。ちょうどいいんじゃない？

「ようし、ハニー」ビリーがいった。「こいつを飲んでみてくれ。あたらしい処方だ」

彼はショットグラスをまえに押しだして、満面に笑みをたたえた。

わたしは疑いの目でグラスを眺めた。「ビリー、マジでビールが飲みたいんだけど」

「飲んでみなって。ひと口飲んだら、ビールの一杯めは店のおごりにする」

じっくり考えたけれど、ただのビールはただのビール。ひと口すすってみた。

認めるしかない――驚いた。このあいだみたいに、ひどい味だろうと思っていた。ところが、このあいだとはまったくちがう、新型のひどい味だった。めらめらと燃えあがっていたみじめさは消えて、代わりにピリッとする胸の悪くなるものが残った。わたしはそいつを吐きだした。

しゃべることもできなくて、ビール樽のコックを指差した。

「はーん」ビリーは樽から一パイント注いで、わたしによこした。わたしは砂漠をさまよっていてオアシスを見つけた旅人みたいにがぶりと飲みこんだ。

「オーケイ」口をぬぐいながらわたしはいった。「オーケイ。あれはホースラディッシュ？　絶対ホースラディッシュが入ってるわよね」

「いや、ラムだ。まあ、ラムのエキスとエタノールだな」

「ラムではじめて、どうしてこれができるの？」

「あとでまたやってみよう」彼はいった。「エタノールを除去する過程で、なんかまずったんだな。まだ頑張れるんだったら、ウォッカも試してもらいたいんだけどな」

「またあとでね」わたしはいった。「いまはビールのおかわりが欲しいな」

わたしのギズモがビーッと鳴った。トロンドからのメッセージだ――「**最後の荷物が心配だ**」

「くそっ」わたしは口のなかでつぶやいた。あの最後の収穫機をどうやって始末すればいいのか、なんのアイディアも浮かんでこない。

「配達プラン、最後の詰めの段階」

「いまは顧客として不満あり。すみやかに配達してくれ」

「了解」

「ほかのポーターを探すべきかな？　きみが忙しくて手がまわらないようなら」

わたしはギズモに向かってしかめっ面をした。

「バカいわないで」

「会って話そう。きょうは一日中、大丈夫だ」

「すぐいきます」わたしはギズモをポケットにしまった。

「なんだかへロへロの顔してるな」ビリーがいった。「酔っぱらってるって意味じゃないぞ」

「顧客サービス問題」わたしはいった。「直接会って、丸くおさめなくちゃならないのよ」

「じゃあ、ビールのおかわりはキャンセルだな」

わたしはため息をついた。「うん。そのほうがよさそうね」

わたしはランドヴィクの屋敷のメイン・エントランスに近づいていって、チャイム・ボタンを押した。

返事がない。ふーん。おかしいな。イリーナとあのトレードマークのしかめっ面はどこ？　せっかく彼女にきかせる生意気なせりふを考えてきたのに。

もう一度、チャイムを鳴らした。それでも返事がない。

そのとき、わたしはドアが傷ついているのに気がついた。端っこの小さな擦り傷。まさに押し入りたいときにバールをかける場所。思わずひるんだ。「うわあ、嘘でしょ……」

わたしはドアを押し開けて玄関広間をのぞいた。イリーナもトロンドもいない。豪華な装飾をほどこした花瓶が、いつも置いてある台の下に転がっている。そして壁には真っ赤な血しぶき——。

「やだ！」わたしはいった。

わたしは踵でくるっとまわって、つむじ風のように通路に向かって突っ走った。「やだ、やだ、やだ！」

親愛なるケルヴィン
つぎに積みこんでほしいものは、刻みタバコ三キロ、巻紙五〇パック、ライター一二〇個、ライター用液体燃料一〇缶。

あたらしい収入源発見――発泡スプレイ断熱材。遮音にも使えることがわかったの。ここでは騒音は大きな問題なのよ。とくにあたしが住んでいるようなボロいエリアではね。発泡ウレタンは乾くと可燃性だから輸入禁止なの。でも安い家に住んでる近所の連中に静けさを売ってやるっていったら、みんな飛びつくと思う。

特別注文のほうは、クジラを釣りあげたわ。ご注文はドミニカの葉巻、ラ・オーロラ。そっちでも特注でないと手に入らないから。すぐにケニアに出荷させて。いくらかかってもかまわないから。このお客さんで大儲けさせてもらいましょ。たぶん毎月ひと箱は欲しがると思うから、ストックしておいてね。

先月の利益は二万一六二八ǧ。きみの取り分は一万八一四ǧ。受け取りはどういうかたちにする？　ハリマの最低な元ダンナとはきちんと片がついたの？

親愛なるジャズ
オーケイ、ぜんぶつぎの補給プローブに積みこむ。打ち上げは九日後になる。発泡遮音剤はいいアイディアだね。遮音効果・質量比が最高のものを探しだして一ケース送るようにする。どれくらい売れるか楽しみだね。

ぼくの取り分はユーロにしてドイツの口座に送金してくれ。

うん、ハリマのダンナの件は片がついた。もう向こうがエドワードの親権をよこせといってくることはない。もともと親権が欲しかったわけじゃないんだ。あいつはただぼくが金を払って話をおさめるのを狙ってただけなんだ。だからそうしてやった。ぼくらの事業に感謝だよ、ジャズ。これがなかったら、家族がどうなっていたか見当もつかない。

クキはオーストラリアの大学に留学した。土木技師をめざして勉強中だ。ぼくらはみんな彼女を誇りに思っている。フェイスは高校でいい成績をとっている。でもちょっと男の子に興味を持ちすぎなんだけどね。マーゴットはスポーツの才能を開花させている。いまは所属するサッカーチームのフォワードでレギュラーをつとめている。

きみのほうはどう？　タイラーとはどんな感じ？

親愛なるケルヴィン

タイラーは最高よ。これまでつきあった人のなかでいちばんやさしくて、いちばん思いやりがあるの。あたしは感傷的なタイプじゃないから、自分がこんなことをいいだすなんて考えたこともなかったけど――まじめな話、彼とは結婚してもいいかもしれない。つきあって一年たつけど、まだ彼を愛してるの。あたしとしては前代未聞。

彼はなにもかもショーンと正反対。タイラーは思いやりがあって、誠実で、献身的で、もう完璧な恋人。それに小児性愛者じゃないし。ここがショーンと大きくちがうところ。ああ、あんなアホとデートしてたなんて信じられない。

最新のニュース。デイルにEVAのやり方を教わってます。彼はすごくいい先生よ。EVAはたいへんだし、危険を伴うスキルをひと通り身につけなくちゃいけないの。それにEVAギルドはカルト教団より排他的。でも、あたしがかれらの仲間になるために訓練をはじめたことをみんな知っているから、だんだんうちとけた感じになってきてるわ。

あのねえ、EVAの資格をとったら、お金がザクザク入ってくるのよ。ツアーで稼げる額ってすごいんだから！

荒稼ぎできるのはあたしだけじゃない。きみにもいいことがあるのよ。あたしポーターの仕事は捨てて、プローブ・ラングラーになるから。そうなったらもうナコシにワイロを渡す必要はなくなる。ケルヴィン、わが友よ、未来は明るいぞ。

親愛なるジャズ

それはうれしいニュースだな。

KSCでちょっとした問題が起きている。ついさっき打ち上げスケジュールをもっと密にするという発表があった。その一環としてペイロード管理部門が拡大される。もうひとつロードマスター・チームができて、ぼくのとおなじ時間に仕事をすることになるんだ。ぼくは一度に二つの場所にはいられないから、打ち上げの半分はかかわれないことになる。

でも、いい考えがあるんだ――ぼくらのグループにもうひとり入れるっていうのはどうだい？　確実に信頼できる人間を選ぶようにする。ロードマスターで小遣い稼ぎをしたがってるやつはたくさんいる。平等なパートナーにする必要はないと思う。一〇パーセントの分け前でどうかかな？

親愛なるケルヴィン

正直いって、そのアイディアには乗れないわ。きみのことは絶対的に信じてる。でもほかのロードマスターのことはぜんぜん知らないんだもん。候補者については徹底的に話し合う必要があると思う。かかわる人間がふえればふえるほど、失敗する可能性が大きくなるから。
でも、打ち上げの半分にかかわれないっていうのは痛いところを突いてるわ。あたしの強欲な心を直撃。

親愛なるジャズ
きみがEVAギルドに入ってからにするというのはどうだい？　ナコシの取り分は考えなくてよくなるんだから。ネット中立性効果が働いて、商売を拡大できるかもしれない。打ち上げがふえるということは、ぼくらの生産量があがるということだ。儲かるぞ。

親愛なるケルヴィン
きみの考え方、好きよ。オーケイ、いまから誰か探しておいて。でも、くれぐれも慎重にね。

親愛なるジャズ
慎重に？　それは考えてなかった。会社の掲示板に貼ってあるビラ、はがさなくちゃまずいかな。

親愛なるケルヴィン
いってくれるじゃないの。

8

わたしはランドヴィクの家からジョギング・ペースで逃げた。ストライドを崩さずにギズモをとりだして、ルーディにメールした——「**ランドヴィクの家でトラブル。血痕あり。すぐに向かって**」

すぐに彼から返信があった——「**いま、向かっている。おれがいくまで、そこを動くな**」

「**やだ**」、とわたしは返信した。ギズモが鳴りだした。ルーディが電話をかけてきているのだ。わたしはそれを無視して全速力で走りだした。

「ちくしょう」わたしは低く唸った。「なんでこうぐじゃぐじゃになるかなあ」

地面に触れるのは七、八メートルおき。角を曲がるときにはスピードを落とさなくていいように壁を蹴った。

アランズ・パントリーはジャンクフードやキッチュな土産物を売っているわりには高

級店ふうの店構えで、コンビニというよりはホテルのギフトショップに近い――値段も高めだ。でも選り好みしている場合じゃない。

「いらっしゃいませ、マダム」店員がいった。三つ揃えのスーツを着ている。コンビニでフォーマルを着てるって、どういうこと？　わたしはその考えをふり払った。服装チェックしている場合じゃない。

ざっと見たなかでいちばん大きなバッグをつかむ――月の絵が描いてある布製のやつ。コテコテのオリジナル商品。そこらじゅうの棚から、ろくに見もしないでジャンクフードをがさがさ詰めこんでいく。おぼろげな印象でいうとチョコバーひと山とドライ・ガンク、風味いろいろ二〇種類とか、そんな感じ。目録はあとでつくります。

「マダム？」店員がいった。

わたしはクーラーから水のボトルを一本とりだしてカウンターに直行。バッグを逆さにして中身をぶちまけた。「これぜんぶ」とわたしはいった。「急いで」

店員は黙ってうなずいた。脱帽ものだった――最大限スピーディに対応してくれている。質問はいっさいなし。こっちを見もしない。お客様がお急ぎ？　了解、こちらも急ぎます。アランズ・パントリーに星五つ。

店員は商品がお互いにくっつかないようカウンターに並べると、レジのボタンを押した。コンピュータが全品を認識して合計金額を出す。

「一四五〇スラグになります」

「うわ」わたしはいった。でも文句をいっているヒマはない。直近はお金があっても役に立たないのだから。わたしは支払い用パッドの上でギズモをふって送金を承諾した。

買ったものをバッグにわさわさ入れて、小走りで店を出る。通路を全力で進みながらギズモで電話。相手につながる前に確認ダイアログ画面が出た――


地球に接続しようとしています。通話料金は毎分三一ğです。継続しますか？


承諾して呼び出し音に耳を澄ます。

「もしもし？」妙なアクセントのある声が返ってきた。

「ケルヴィン、ジャズよ」わたしはいった。角を曲がってビーン接続トンネルに向かう。四秒の遅れがあってケルヴィンの返事がきこえた。「ジャズ？　直通でかけてるの？なにがあったんだ？」

「すごくまずいことになってるのよ、ケルヴィン。あとで説明するけど、とにかくいますぐ偽名をつくらなくちゃならないの。それにはきみの助けが必要なの」いまいましい通信待ち時間を呪いながら、嵐のように接続路を抜ける。

「オーケイ。どうすればいい？」

「誰に追跡されるかわからないから、あたしの銀行情報だって見られちゃうかもしれない。だから、あたし用のＫＳＣ口座を偽名でつくってほしいの。もちろんお金はあとで返すから」

激怒ものの四秒間があって――「オーケイ、了解。一〇〇〇ＵＳドルでいいかな？約六〇〇〇スラグだけど。どういう名前がいい？」

「六〇〇〇スラグあれば最高。ありがとう。名前は……そうねえ……こんどはインド人とか？　ハープリート・シンなんてどう？」

ビーン・バブルを驀進《ばくしん》。ビーンの大半は寝ぼけたようなベッドタウンだ。通路は長くてまっすぐ。必死で走っている女子には最高。全速力で突っ走る。

「オーケイ、すぐやるよ」ケルヴィンがいった。「一五分でできると思う。チャンスがあったらあとでなにがどうなってるのか教えてくれ。少なくとも、無事かどうかだけは教えてくれよ」

「ほんとにありがとね、ケルヴィン。連絡するわ。ジャズ、通信終わり」

わたしは通話を終えてギズモの電源を切った。なにが起きているのかわからないけれど、追跡ビーコンつきでうろつくわけにはいかない。

ビーンのグラウンド階のメイン・コンコースに出た。いちばん近くにあるホテルはムーンライズ・イン。考えたら、バカみたいな名前。アルテミスはこの世に存在する街のなかで、たったひとつ月の出《ムーンライズ》を見ることができないところなのに。でも、そんなことはどうでもいい。ホテルならなんでもいい。

ヌハ・ネジェムのときとおなじように、ハープリート・シンの名前でホテルのギズモを手に入れた。なにも知らないホテル従業員にはアラブ人とインド人の区別はつかない。オーケイ。偽名成立。わたしは当面ハープリート・シンですごすことになる。そのままチェックインしたい衝動に駆られたけれど、隠れているようでじつはすぐに見つかってしまうようなまねはしたくなかった。文字どおり誰にも見られない場所にいかなくてはならない。

どこへいけばいいかはわかっていた。

〝アルテミスで二人殺害〟

大物実業家トロンド・ランドヴィクさんとボディガードのイリーナ・ヴェトロフさんが、本日、シェパード・バブルのランドヴィク邸で遺体で発見された。アルテミスで過去に起きた殺人事件は五件だけであり、二人の犠牲者が出たのはアルテミス史上初のことだ。

通報で駆けつけたルーディ・デュボア治安官が午前一〇時一四分に遺体を発見した。ドアはこじあけられており、犠牲者は二人とも刺殺されていた。状況から判断して、ヴェトロフさんは雇い主をまもろうとして殺害されたが、襲撃者に深手を負わせたものと思われる。

ランドヴィクさんの娘、レネさんは学校にいっていて無事だった。

遺体は検死のため、メラニー・ルーセル医師のクリニックに運ばれた。

レネ・ランドヴィクさんは一八歳になった時点で、父親の莫大な遺産を相続することになる。それまでは、遺産はオスロに本部があるヨルゲンセン・イサクセン＆ベルク法律事務所が管理することになる。相続人のコメントは得られていない。

記事はまだつづいていたけれど、それ以上、読む気にはなれなかった。わたしはギズモを冷たい金属の床に置いた。片隅にうずくまって膝をかかえ、顔をうずめる。

わたしは涙をこらえようとした。本気でこらえようとした。必死で逃げているあいだは、ある意味、目的意識があって興奮状態だった。でも安全地帯に逃げこんだとたん、アドレナリンが切れてしまった。

トロンドはいい人だった。多少ずるいところもあったし、いつでもどこでもあのバカみたいなバスローブ姿だったけれど、いい人だった。そしていい父親だった。ああ、誰がレネの面倒を見るのだろう？　子どものときに交通事故で足が不自由になって、一六歳で孤児。なんて運が悪いんだろう。たしかにお金はあるけれど……ひどすぎるよ……。

犯罪学で学位をとっていなくても、破壊工作の仕返しだということぐらい推測がつく。誰だか知らないけれど、犯人はわたしも始末したいと思っているにちがいない。わたしがやったということはわかっていないかもしれないけれど、その可能性に命を賭ける気はない。

だからこうして殺人者から身を隠しているのだ。ついでにいえば、たとえ収穫機の最後の一台を壊したとしても、もう一〇〇万スラグは手に入らない。トロンドとは書面で契約を交わしたわけじゃないし。けっきょく、ぜんぶ無駄骨だったということだ。

凍えるほど寒いヌックのなかで、わたしはぶるっと身をふるわせた。ここには前にもきたことがある。ずっと昔、ホームレスだった頃に。水面にやっと顔を出して苦闘一〇年。またふりだしにもどってしまった。

膝に顔をうずめてすすり泣く。静かに。これも昔、身につけた技だ——あまり大きな声を出さない泣き方。通路を通る人に声をきかれたらまずい。

　ヌックというのは、内側の外殻のメインテナンスをするときに作業員が出入りする箇所で、とりはずしできるパネルでふさがれている小さな三角形のスペースだ。狭くて横にもなれない。ここにくらべたら棺桶も宮殿。涙がほおを伝うあいだに冷たくなっていく。ビーン・ダウン27は隠れるには最高だけれど、とにかく寒い。いくら月の重力が小さくても、熱は上にあがっていく。だから下の階にいけばいくほど寒くなる。そしてメインテナンス・ヌックには誰もヒーターなんかつけない。

　わたしは顔をぬぐって、またギズモを手にとった。そう、ハープリートのギズモを。ほんとうのわたしのギズモはバッテリーをはずして、ヌックの片隅に置いてある。グギ統治官はよほどの理由がないかぎりギズモの位置情報を公開したりしないけれど、〝二人殺害の重要参考人〟は、よほどの理由だ。

　あのときわたしは、ある決断をしなければならなかった。これからの人生を左右する決断を――ルーディをたよるべきかどうか？

　ルーディが密輸より殺人を重要視するのはわかりきっている。ぜんぶ白状してしまえば、ずっと安全だろう。彼はアホかもしれないけれど、いいポリ公だ。わたしをまもるために全力を尽くしてくれるにちがいない。

でも彼はわたしが一七歳のときから、わたしを追放する理由を探している。彼はトロンドがサンチェス・アルミニウムに手を出していたことは知っているわけだから、わたしからは有力な情報は提供できない。そしてもう〝トロンドを見捨てて恩赦〟という選択肢はない――トロンドは死んでしまったのだから。というわけで、もしわたしがルーディのところに駆けこんでも――

(a) わたしを追放するのに必要な証拠を彼に提供するだけで、
(b) 彼が殺人事件を解決する役にはまるで立たない。

だめ、ぜんぜんだめ。この状況を生き抜いてこれから先も月で暮らしていくためには、下を向いて口を閉じているしかない。

ひとりで頑張ろう。

わたしは食料と水をざっと確認した。二、三日はもつだろう。トイレは誰もいないときに通路の先の共同トイレを使えばいい。ずっとヌックにいるつもりはないけれど、いまは誰にも姿を見られたくない。絶対に。誰にも。

しゃくりあげて最後の涙を押しとどめ、咳払いする。それから代行サービス経由で父さんに電話した。ハープリート・シンがアマー・バシャラにかけたことは誰にもわからない。

「もしもし？」父さんが出た。

「父さん、ジャズよ」

「ああ、おまえか。おかしいな、ギズモがおまえの番号を認識しなかったぞ。プロジェクトはうまくいったのか？　道具の出番はもう終わったのか？」

「父さん、あたしの話をきいてほしいの。ちゃんときいて」

「オーケイ……」父さんはいった。「いい話じゃなさそうだな」

「そうなの」わたしはまた顔をぬぐった。「家を出て、店からも遠ざかっていてもらわなくちゃならないの。友だちのところにいってて。二、三日でいいから」

「ええ？　どういうことだ？」

「父さん、あたし、困ったことになってるの。とんでもないことに」

「こっちへこい。いっしょに解決しよう」

「ううん、父さんはそこにいちゃだめ。殺人事件のこと、読んだ？　トロンドとイリーナの」

「ああ、見た。ほんとうに不幸な――」

「あたし、いまその犯人に追われてるの。父さんはたったひとりの家族だから、利用できると思って狙われるかもしれない。だからすぐにそこを出て」

父さんはしばらく黙っていた。「よし。店で落ち合おう。それからファヒーム導師《イマーム》のところに厄介になろう。あの一家ならかくまってくれる」

「あたしは、ただ隠れているわけにはいかないの——なにがどうなってるのか、たしかめなくちゃならないのよ。父さんはイマームのところへいって。安全だってわかったら連絡するから」

「ジャズ」——声がふるえている——「ルーディにまかせるんだ。彼の仕事なんだから」

「彼は信用できないの。いまは。もう少ししたら、大丈夫かもしれないけど」

「すぐ帰ってくるんだ、ジャスミン！」声が一オクターブ高くなっていた。「たのむから、殺人犯なんかとかかわるんじゃない！」

「ごめんなさい、父さん。ほんとうにごめんなさい。とにかくそこを出て。すべてすんだら連絡します」

「ジャスミ——」わたしは電話を切った。

代行サービスのもうひとつの利点——父さんはわたしにかけ直すことができない。

その夜はずっとヌックにこもっていた。二度、トイレに走ったけれど、外に出たのはそのときだけだった。あとはずっと命の危険に怯えながら、とりつかれたようにニュースを読み漁っていた。

翌朝は、足の痙攣と背中がひりひりするのとで目が覚めた。泣き寝入りの結果がこれ。起きても問題はなにも解決していない。

わたしはパネルを押して通路に転げでた。不満たらたらの筋肉をのばしてやる。ビーン・ダウン27の通路は人通りが少ない。朝早くはとくにそう。床にすわって味気ないガンクと水の栄養満点の朝食をとる。ヌックに隠れているべきだったかもしれないけれど、これ以上、狭苦しい場所にこもっていられなかった。

たしかにルーディが殺人犯をつかまえてくれることを祈りながら、ずっと隠れているという手もある。でもそれでは埒があかない。たとえ彼が首尾よく犯人をつかまえてくれたとしても、敵はまたべつの人間を送ってくるだけだ。

わたしはもう一口ガンクをかじった。

けっきょく、すべてはサンチェス・アルミニウムがらみ。

あったりまえじゃないの。

でも、どうして？　たいして利益も出ない落ち目の企業のことで、どうして殺し合いになるの？

お金。けっきょくはお金。じゃあ、お金はどこにあるの？　トロンド・ランドヴィクはあてずっぽうで億万長者になったわけじゃない。彼がアルミニウムをつくりたいと思ったのなら、はっきりした具体的な理由があったはずだ。そしてそれがなんであるにしろ、そのせいで彼は殺されてしまった。

それが鍵だ。誰がやったのか探る前に、なぜなのかを考えなくてはいけない。どこからはじめればいいかはわかっている――ジン・チュウだ。

わたしが葉巻を配達したときにトロンドの家にいた男。香港からきたといっていた。そして〝ZAFO〟というラベルが貼ってある箱を持っていて、それをわたしから隠そうとした。わかっているのはそれだけだ。

ネットでいろいろあたってみても彼のことはなにもわからなかった。何者にしろ、人目につかないようにしている。それとも偽名でアルテミスにきたか。

葉巻を配達したのはずっと昔のことみたいな気がするけれど、ほんの四、五日前のことだ。ミートシップがくるのは週に一度。あの日からきょうまで、まだ出発便は出ていない。ジン・チュウはまだ街にいる。死んでいるかもしれないけれど、それでもまだ街にいる。

わたしは〝朝食〟をすませて、包装ゴミをヌックにほうりこんだ。そしてヌックの入り口をふさぎ、しわくちゃのジャンプスーツをぴんとひっぱって、出発した。

コンラッドの中古品店で、すっごい衣装一式を買った――短すぎてベルトといいたいほどの真っ赤なミニスカート、おなか丸出しのスパンコールのトップス、そして店でいちばんヒールの高い靴。仕上げに赤いエナメルの大きなハンドバッグ。

それから美容院にいって、ささっとアップにしてもらうと、どうよ！　りっぱな売春婦。鏡で念入りにチェックしているわたしを見て、美容院の女の子たちがぐるりと目をまわした。

変身は不安になるほど簡単だった。たしかにわたしはナイスボディの持ち主だけれど、ここまで下品になるにはもう少し努力が必要だと思っていたのに。

旅行はいろいろとたいへんだ。いくら一生に一度のバケーションでも。

お金はザルに水をあけたみたいにダダ洩れ。時差ボケする。疲れが抜けない。バケーションなのにホームシックになる。でもそんなことは食事問題にくらべたら、どうということはない。

ここではしょっちゅうあることだけれど、観光客は地元の料理を食べたがる。問題は――ここの料理はまずいこと。藻と人工調味料でできているのだから。二、三日もするとアメリカ人はピザ、フランス人はワイン、日本人はご飯が恋しくなる。食べ物は人を心地よくさせてくれる。ここで本題にもどります。

ジン・チュウは香港からきている。だからそのうちちゃんとした広東料理が食べたくなる。

トロンドと一対一で会うような人間は大物実業家、でなければ少なくともかなりの重要人物のはず。そういう人間はよく旅をする。泊まるのは食事のおいしいところと心得ている。

つまりこの人物は、香港からきた旅慣れた大物で、故郷の味を恋しがっているということになる。そしてこの条件にぴったりはまるところがひとつある――広東アルテミス。広東はオルドリン・バブルにある、中国人エリート向けの五つ星ホテルだ。香港の大グループ企業が所有、運営していて、富裕層の客向けに本場仕込みのサービスを提供している。いちばん大事なのは、本格的広東料理のビュッフェ式朝食があること。香港からきた人なら、そしてお金に不自由しない人なら、泊まるのは広東だ。

わたしは凝った装飾がほどこされた豪華なロビーにつかつかと入っていった。ここは街でも数少ない正真正銘のロビーといえる空間があるホテルのひとつだ。一泊五万ǧとるホテルなら、贅沢の象徴として多少の空間の無駄遣いは許されるのだろう。

いかにも売春婦ふうの派手な格好をしたわたしは、ひどく目立っていた。いくつかの顔がこっちを向き、軽蔑したようにもとにもどる（男のほうが少しだけ長い間、こっちを見てたけどね）。コンシェルジェのデスクに年配のアジア系の女性がいる。わたしは恥じらいのかけらも見せずにまっすぐ近づいていった。内心はドキドキもの——それを必死で隠す。

コンシェルジェは、自分も偉大なご先祖さまたちも不快に思っている、という顔つきでわたしを見た。「なにかお困りでしょうか？」軽い中国語なまりで、彼女はたずねた。

「ああ」わたしはいった。「ここで待ち合わせしてんのよね。お客さんと」

「そうですか。そのお客さまのルームナンバーはおわかりでしょうか？」

「ううん」

「ではギズモＩＤは？」

「ううん」わたしはハンドバッグからコンパクトをだして、ルビーレッドの口紅をチェックした。

「申し訳ございません、マダム」——わたしを上から下まで、じろりと見る——「お客さまのルームナンバーですとか、なにかマダムがここに招かれたということがわかるものがありませんと、お役には立ちかねます」

わたしは意地の悪い目つきで彼女をにらんでやった（これは得意）。「あら、たしかにここにこいっていわれたのよ。一時間でいいって」彼女のデスクにコンパクトを置いてハンドバッグのなかをひっかきまわしていると、彼女は病気がうつるとでもいうように身体をそらしてコンパクトから遠ざかった。

バッグから紙切れをとりだして読みあげる――「ジン・チュウ。オルドリン・バブル。アーケード通り。広東アルテミス」紙をしまう。「いいから、その人、呼んで。わかった？　このあと、ほかのお客さんとの約束もあるんだから」

彼女はくちびるをすぼめた。広東クラスのホテルは、誰かが宿泊客に会いたいといったからという理由だけで客にとりついだりはしない。でも、セックスがらみとなると規則はあっさり曲げられる。彼女はコンピュータのキーをいくつか叩いて受話器をとった。しばらく耳を澄ませてから、彼女は受話器を置いた。「申し訳ございません。お出になりません」

わたしはぐるりと目をまわした。「それでもお金は払ってもらうっていっといてよ！」

「そういうことはいたしかねます」

「なんでもいいから!」わたしはコンパクトをひったくってバッグにほうりこんだ。「もし顔を見せたら、バーにいるっていっといて」

わたしは肩を怒らせて、その場をあとにした。

いまは留守か。ロビーで見張るという手もある――バーからはエントランスがよく見える――でも、それだと一日がかりになってしまうかもしれない。わたしは、もうひとつ手を考えていた。

さっきの口紅チェックはただのポーズではない。コンパクトを置いたのはコンシェルジェのコンピュータ画面を鏡に映して盗み見るためだったのだ。彼女がジン・チュウのデータを調べたとき画面に出ていたルームナンバーは一二四だった。

バーに着いて、角から二つめのスツールにぽんとすわった。習慣、だと思う。ロビーの奥のエレベーターのほうに目をやると、筋骨たくましい警備員が立っていた。スーツ姿でいい靴をはいているけれど、筋肉隆々なのは見ればわかる。

客がひとり、エレベーターのまえに歩いていってギズモをふると、エレベーターのドアが開いた。警備員はそのようすを見てはいたけれど、とくに厳しくチェックしている感じでもない。

数秒後、カップルがやってきて、女がギズモをふるとエレベーターのドアが開いた。警備員が近づいてなにか短く話しかけたけれど、女がなにかいうと、定位置にもどった。

こっそりエレベーターに乗りこむのは無理。客になるか、客といっしょにいくか、しかない。

「なにをさしあげましょうか？」うしろから声がした。

ふりむくと、バーテンダーがいた。「ボウモアの一五年もの、シングルモルト、ある？」

「もちろんございますよ、マーム。ですが、先に申し上げておきます。二オンスで七五〇スラグになります」

「かまわないわよ」わたしはいった。「切りあげて一〇〇〇にしといて。おつりはとっといてちょうだい。請求はデートの相手にお願い。ジン・チュウ、一二四号室よ」

彼はレジに情報を打ちこんで名前とルームナンバーが合致することを確認すると、にっこり微笑んだ。「すぐにお持ちします、マーム。少々お待ちください」

エレベーターのほうを見つめて、警備員が休憩かなにかでいなくなるのを待っていると、バーテンダーが飲み物を持ってきた。ひと口すする。うわあ、すごい……おいしい。

わたしはトロンドのために少し床にこぼした。彼は邪魔になる法律はどんどん破って前進していく、ずる賢い守銭奴だった。でも誰にでもやさしかったし、死に値するようなことはしていなかった。

よし。さあ、どうやってあのエレベーターまえのやつの目をごまかそうか。気をそらす？　たぶんうまくいかない。相手はちゃんと訓練を受けた警備員だし、ひたすらエレベーターに乗る人間を選別するのが彼の仕事だ。つまらないことでだまされたりはしないだろう。誰か、背が高いとか太っているとか、わたしがその陰にすっぽり隠れられるような人を見つける？　うーん、ちょっと〝バスター・キートン〟的すぎて、うまくいきそうもないわね。

誰かがぽんと肩を叩いた。と、アジア系の五〇代なかばの男が隣に腰をおろした。三つ揃えのスーツ姿、みっともないバーコード頭。

「ネダ？」と彼がいった。

「え？」

「ああ……」彼はギズモをとりだして指差した「ネダ？」

「英語？」とわたしはたずねた。

彼はギズモになにか打ちこんで、わたしのほうに向けた。画面に出ている文字は――

値段？

「ああ」わたしはいった。こんな売春婦みたいな格好でバーにいれば当然のなりゆきだ。もし密輸がうまくいかなくなったら、べつの仕事でもやっていけるとわかったのは収穫。わたしはエレベーターとその守護者をちらりと見てから、客に視線をもどした。

「二〇〇〇スラグ」とわたしはいった。妥当な線だと思う。わたしはミニスカートを左右にふってみせた。

男はうなずいてギズモで送金手続きをしはじめた。わたしは男の手に自分の手を重ねて、やめさせた。

「あとで」とわたしはいった。「支払いはあとで」

男は怪訝そうな顔をしたけれど、逆らいはしなかった。

わたしは立ちあがって、ボウモアをいっきに飲み干した。スコットランドの人はみんな、心の痛みに喘いでいたと思う。

小柄なお友だちは、紳士のようにわたしの腕をとり、わたしたちはロビーを通り抜けた。エレベーターのまえで彼がギズモをふって、わたしたちは腕を組んで乗りこんだ。警備員はちらりと見ただけで、なにもいわなかった。こんな光景は毎日一〇〇回見ているにちがいない。

リッチなホテルというと二五階建てくらいの高層ホテルを想像するかもしれないけれ

ど、忘れないで、ここはオルドリン・バブルです。広東はたったの三フロアしかないんです。わたしの客が1のボタンを押した。すばらしい、まさにわたしがいきたいフロア。グラウンド階から一階にあがってエレベーターをおりると、豪華な廊下。ケッ、ここではなにもかもが飾り立てられている。ふかふかの絨毯、クラウンモールディング（壁と天井が接する部分を覆う帯状の飾り仕上げ）、壁にかけられた絵画、なにからなにまで。ドアにはそれぞれゴールドの浮き彫りのルームナンバーが誇らしげに輝いている。

わたしのデート相手は一二四号室をとおりすぎて一四一号室のまえで足を止めた。彼が鍵に向かってギズモをふると、カチリとドアが開いた。

わたしはこれみよがしにギズモを出して画面を見た。なにか大事なメッセージが入ったみたいに、なにも出ていない画面に向かってしかめっ面をする。彼は気になるそぶりでこっちを見ている。

「ごめんなさーい。一本、電話しなくちゃなんないの」わたしはそういって、ダメ押しでギズモを指差した。そして彼に先に部屋に入っているように身ぶりで伝えると、彼はうなずいてなかに入った。

わたしはギズモを耳に当てた。「ロッコ？　うん、キャンディよ。いま、お客さんといっしょなんだけど。え？　なに、やだ、あの子がそんなわけないじゃない！」わたしはポン引きと内緒の話をするために、おじさまの部屋のドアを閉めた。おじさまはたぶんたっぷり一五分くらい待って、やっとわたしが帰ってしまったと気づくんじゃないかと思う。

たしかにわたしはやる気満々のビジネスマンを置いてきぼりにするわけだけれど、お金はもらっていない。倫理的にはセーフだ。

こそこそと一二四号室のまえまでもどる。右を見て、左を見て。廊下には誰もいない。わたしは派手なバッグからドライバーを出して、鍵をこじあけた。さあ、ジン・チュウ。あんたがなにを企んでいるのか、あばいてやろうじゃないの。

ドアを開けると、ごましお頭のラテン系の男がベッドにすわっていた。右腕を三角巾で吊っている。左手に握っているのはボウイナイフ。

男が勢いよく立ちあがった。「トゥ！」男が叫んだ。

「あ――」

男が突進してきた。

発泡遮音剤の売上げ、すごいね。大儲けだ！　つぎのプローブでまた二ケース送る。

〝従業員〟候補をひとり選んだ。名前はジャタ・マサイ。最近雇われたロードマスター見習いの男で、人あたりはいいけれど、ひとりでいるのが好きなやつ。隠遁者タイプ。奥さんと娘が二人いるという話はきいたけれど、ぼくが彼について知っていることはそれだけ。カフェテリアで同僚とランチを食べることもない──かわりに弁当を持ってきている。たぶん金がないからだと思う。

奥さん。子どもも二人。金が必要。ロードマスター見習い。この組み合わせ、いいと思う。もちろん、まだなんのアプローチもしていない。彼のことを徹底的に調べようと思って、私立探偵を雇った。彼女から報告書が届いたら、すぐにきみにも送る。きみが気に入ったら雇うことにしよう。

タイラーとはうまくいってる？

親愛なるケルヴィン
発泡遮音剤二ケース、お願いね。ジャタの報告書も、手に入り次第、お願い。
タイラーとは終わったの。その話はもう、なし。

火星の人〔新版〕（上・下）

The Martian

アンディ・ウィアー
小野田和子訳

有人火星探査隊のクルー、マーク・ワトニーはひとり不毛の赤い惑星に取り残された。探査隊が惑星を離脱する寸前、思わぬ事故に見舞われたのだ。奇跡的に生き残った彼は限られた物資、自らの知識と技術を駆使して生き延びていく。宇宙開発新時代の究極のサバイバルＳＦ。映画「オデッセイ」原作。　解説／中村融

ハヤカワ文庫

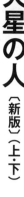

〈ローダンNEO①〉

スターダスト

PERRY RHODAN NEO　STERNENSTAUB

フランク・ボルシュ
柴田さとみ訳

二〇三六年、スターダスト号で月基地に向かったペリー・ローダンは異星人の船に遭遇する。それは人類にとって宇宙時代の幕開けだった……宇宙英雄ローダン・シリーズ刊行五〇周年記念としてスタートした現代の創造力で語りなおすリブート・シリーズがｔｏｉ８のイラストで遂に日本でも刊行開始　解説／嶋田洋一

ハヤカワ文庫

暗黒の艦隊
—駆逐艦〈ブルー・ジャケット〉—

Warship

ジョシュア・ダルゼル

金子 司訳

時は二十五世紀。型式遅れの老朽艦ばかりで、出港すると一年以上寄港できない苛酷な任務のため「暗黒艦隊」と揶揄される第七艦隊。だが、その中にも有能な艦長はいた。ジャクソン・ウルフ艦長——部下を鍛え上げ、老朽艦を完璧に整備していた彼は、辺境星域で突如遭遇した強大な異星戦闘艦に対し戦いを挑むが⁉

ハヤカワ文庫

ソラリス

Solaris

スタニスワフ・レム
沼野充義訳

惑星ソラリス――この静謐なる星は意思を持った海に表面を覆われていた。ステーションに派遣された心理学者ケルヴィンは、変わり果てた研究員たちを目にする。人間以外の理性との接触は可能か？　知の巨人による二度映画化されたＳＦ史上に残る名作。レム研究の第一人者によるポーランド語原典からの完全翻訳版！

白熱光

Incandescence

グレッグ・イーガン

山岸　真訳

はるかな未来、一五〇〇万年のあいだ意思疎通を拒んでいた孤高世界から、融合世界に使者がやってきた。未知のＤＮＡ基盤の生命が存在する可能性があるという。その生命体を探しだそうと考えたラケシュは、友人とともに銀河系中心部をめざす！　……現代ＳＦ界最高の作家による究極のハードＳＦ。解説／板倉充洋

ハヤカワ文庫

ケン・リュウ短篇傑作集1

紙の動物園

The Paper Menagerie and Other Stories

ケン・リュウ
古沢嘉通編・訳

泣き虫だったぼくに母さんが作ってくれた折り紙の動物は、みな命を吹きこまれて生き生きと動きだした。魔法のような母さんの折り紙だけがぼくの友達だった……。ヒューゴー賞／ネビュラ賞／世界幻想文学大賞という史上初の3冠に輝いた表題作など、第一短篇集である単行本『紙の動物園』から7篇を収録した、胸を震わせる短篇集

ハヤカワ文庫